GESTÄNDNIS
EINES
RUHELOSEN

Jürgen Reimer

Geständnis eines Ruhelosen

Stationen

Bibliografische Information der Deutschen Nationalbibliothek:
Die Deutsche Nationalbibliothek verzeichnet diese Publikation in der Deutschen
Nationalbibliografie; detaillierte bibliografische Daten sind im Internet über
< http://dnb.d-nb.de > abrufbar.

Der Text dieses Buches ist dem Roman
„Der Ferienschreiber" von Jürgen Reimer entnommen,
erschienen 1998 im R.G. Fischer-Verlag, Frankfurt a.M.

© 2008 Jürgen Reimer
Satz, Umschlagdesign, Herstellung und Verlag:
Books on Demand GmbH, Norderstedt

ISBN:978-3-8334-7629-7

FÜR JULE

1

Und morgen würde er weiterreisen. Wohin? Irgendwohin. Er würde schon einen Ort finden. Irgendwo aus spontaner Eingebung aussteigen und sich zum Schreiben niederlassen. So durfte Robert sich zum ersten Mal als Schriftsteller fühlen. Ein gehetztes Wesen war er schon. Marianne hätte ihn doch nicht verlassen sollen. Er hätte ihr jetzt aus seinem Manuskript vorlesen können. Im Geiste sah er sie wieder vor sich und hörte sie sagen: Ich habe immer gewußt, daß du begabt bist. Sie wollte noch etwas sagen, aber er hatte den Finger an den Mund gelegt und ihr gesagt: Red nicht weiter. Bescheidenheit, Glücksgefühl und die heimliche Angst, doch noch durch Kritik im Innersten getroffen werden zu können, hatten ihm zur Vorsicht geraten. Der schöne Augenblick, da sie ihm wenigstens Begabung bescheinigte, sollte nicht zerstört werden. In seiner Phantasie stellte er sich ihre Reaktion vor. Marianne hätte jetzt reagiert – so wie es ihrem Wesen entsprach: sie wisse, daß ein Schriftsteller ein sehr empfindlicher Mensch sei und sich mit seinen Arbeiten identifiziere. Schließlich lasse er ja alle seine Leiden in sein Werk einfließen. Das habe sie schon begriffen. Aber trotzdem: er müsse auch Kritik vertragen können. Wenn diese sachlich sei, dann dürfe er sich durch sie nicht gekränkt fühlen.

Das war ja alles richtig. Aber was nützte diese Erkenntnis, wenn man sich auf eine irrationale Weise verletzt fühlte, sich mit seiner Rationalität und seinem Willen dieser Mimosenhaftigkeit nicht erwehren konnte. Aber würde Marianne jetzt nicht leiden, wenn sie noch bei ihm wäre? So wie sie damals unter seinem Wesen gelitten hatte. Brauchte er nicht auch jetzt noch das Unterwegssein als solches? Für den morgigen Tag schwebte ihm doch kein Ziel vor Augen. Wo sollte er auch hin? Die Stadt, in der er sich jetzt aufhielt, zu besuchen, das war noch zu Hause bei sich ein Ziel gewesen. Aber nun, da es ihn hier nicht mehr hielt, suchte er seinen Aufenthalt, der mindestens für eine Woche geplant war, so schnell wie möglich abzukürzen. Nach drei Tagen. Wenn er ein Ziel im Auge hatte, dann doch nur, um überhaupt unterwegs, um in Bewegung sein zu können. So war es immer gewesen. Das Ziel war ein Mittel, mehr nicht.

Der Widerwille in ihm verstärkte sich. Er richtete sich gegen alles: gegen diese Stadt, die ihn wie durch einen Sog festhielt, gegen alle Weinstuben der Welt, die ihm das Leben stahlen und ihn älter machten. Er sah für einen Augenblick sich und seine Situation. Entsetzen packte ihn. Ich hätte schon am frühen Morgen abreisen sollen, ging es ihm durch den Kopf.

Er spürte die Kälteschauer. Vorboten einer tödlichen Eiswand, die sich bedrohlich heranschob. Er kannte sie. Sie kamen wie ein Alptraum in der Nacht, der sich plötzlich über den hilflos Schlafenden legt. Für den Augenblick – das wußte er aus Erfahrung – gab es noch eine Möglichkeit, sich zu wehren. Es kam darauf an, sich so schnell wie möglich Bewegung zu verschaffen, um quälende Gedanken zu verscheuchen. Die einzige Chance, noch einmal davonzukommen, war die Flucht.

In hastigen Schlucken trank er sein Glas leer, zahlte, eilte zum Hotel, um seine Rechnung zu bezahlen und sein Gepäck zu holen.

Auf dem Weg zum Bahnhof. Es war nicht sehr warm an diesem Morgen. Die Sonne setzte sich gegen die vielen Wolken zwar durch, aber es wehte ein frischer Wind. Mit jedem beschleunigten Schritt glaubte er, dem Ekel gegen sich und seine Umwelt davonlaufen zu können. Gedanken jagten durch seinen Kopf. Wann geht ein Zug? Keine Ahnung. Ist auch unwichtig. Wichtig ist nur der Bahnhof. Japaner mit lachenden Gesichtern kamen ihm entgegen, die Kamera wie ein Schild vor sich herstoßend. Vom naheliegenden Stift dröhnten die schweren Glocken. Als er das Gedränge der Menschen auf dem Vorplatz wahrnahm, kehrte ein wenig Ruhe in ihn ein. Das Schlimmste schien überstanden. Der Anfall konnte ihn jetzt nicht mehr so heftig treffen – wenn er überhaupt noch kam.

Der Bahnhofsvorplatz. Die Elenden mit dem Pappschild: ... Saß im Knast. Bin arbeitslos. Habe Hunger ... Es werden immer mehr. Sie liegen an den Wänden der Konsumtempel, wechseln nur gelegentlich die Plätze. Manche hocken zwischen den Eingängen zur Bahnhofshalle, aufgedunsen, rotes Gesicht, verquollene Augen, struppige, klebrige Haare. Einige sehen wie zusammengeschlagen aus: Blessuren an Augen und Stirn. Robert blickte nur flüchtig auf die Gestalten, die überall lagerten. Viele Jugendliche, dachte er im Vorübereilen.

Während er den Fahrplan studierte, hörte er neben sich einen alkoholisierten Penner sagen: Ich heiße Malek. Robert blickte kurz zur Seite. Er glaubte, der Mann wolle ihn ansprechen, aber er war nicht gemeint. Der Mann redete mit einem anderen seinesgleichen. Er hielt eine Bierdose in der Hand. »Ich heiße Malek, und du?« Robert entdeckte seinen Zug, wandte sich zum Gehen. Dem Penner fehlten fast alle oberen Zähne. Er war nicht alt, aber völlig verwahrlost. Wenn er den Mund öffnete, sah er aus wie eine chinesische Großmutter. »Ich bin ein Verlierer«, sagte der Mann jetzt. »Ich könnte so manchen zusammenschlagen. Ich denke nur an Rache. Ich habe zwölf Jahre gesessen. Sie haben mich gequält, aber ich habe ein Herz. Wenn ich einen töte, dann bestrafe ich auch seine unschuldigen Kinder. Stimmt doch. Das kann ich nicht. Ich bin ein Verlierer. Was soll's.« Während er redete, fuchtelte er mit seiner Hand, welche die Dose hielt. »Ich gehöre zu den Verlierern. Ich heiße Malek. Und was machst du?«

Er hatte es eilig, die Stadt zu verlassen. Nur fort! Luft! Neue Fassaden! Neue Umgebung! Der Boden unter ihm mußte in Bewegung geraten. Neue Landschaft! Andere Menschen! Anderer Wein! Andere Kellner!

Er hatte eine Stunde Zeit bis zur Abfahrt des Zuges und setzte sich auf eine der Bänke, die man in die Mitte der Halle gestellt hatte. Paare schlenderten an ihm vorbei; er fühlte sich einsam. Gedanken, die er schon verscheucht zu haben glaubte, quälten ihn, drängten mit Macht in seinen Kopf. Hatten seine Ferien nicht vor wenigen Tagen begonnen? Er hatte sich auf diese Stadt gefreut. Und jetzt? Er hatte sich von allen zurückgezogen, er kannte keinen und hatte das Alleinsein unterschätzt. Die langen Sommerferien ... Nur einmal im Jahr ... Warum konnte er sie nicht genießen, während sich alle Kollegen überall erholten?

Wie schon oft drohte bei ihm Sentimentalität in Panik umzuschlagen. Der Lärm in der Halle berührte ihn nicht, ging ihn nichts an. Er blickte um sich. Alle um ihn herum saßen zu zweit und hatten einen Gesprächspartner. Er stand auf, um sich eine Zeitung zu kaufen. Aber auf halbem Wege zum Kiosk drehte er um, verstaute sein Gepäckstück in einem Schließfach und bummelte ziellos und unruhig durch die Halle. In einer derartigen Situation half das Notizbuch, die Unruhe zu bekämpfen, indem man einfach aufschrieb, was einem durch den Kopf ging.

Eine Frau bekennt sich zu dir. Diese plötzliche Wärme, die dich durchströmt. Du bist was! Wenigstens kein Nichts, für das du dich vielleicht gehalten hast. Da ist ein Mädchen, das sagt: Ich mag dich. Wie das aufwertet! Ein weibliches Wesen, das sagt: Ich möchte bei dir bleiben. Welch ein Gefühl! Ein stolzes? Nein. Eher ein Gefühl von Erlöstsein. Erlöst von der Eiseskälte, mit der das Alleinsein des Menschen umfangen wird. Ist man nicht doch noch etwas wert, wenn man eine Frau findet, die solche Worte sagt?

Er steckte sein Notizheft ein und hob den Kopf. Sein Blick fiel auf einen kleinen Pavillon, der in der Mitte der Halle stand, sich zwischen die Bankreihen schob. In ihm wurden Backwaren angeboten. Von dem ganzen Häuschen ging der warme Duft frischer Croissants aus. Plötzlich fiel ihm ein, daß Marianne immer so gern dieses knusprige Gebäck gegessen hatte. Ihm fiel noch mehr ein: Immer, wenn sie sich in dieser Stadt aufgehalten hatten und in den Bahnhof zurückgekehrt waren um weiterzureisen, hatte sie der erste Weg zu diesem Pavillon geführt, begierig, ein oder zwei Croissants zu erwerben. Die mit Schinken gefüllten liebte sie besonders. Wie hatte er das vergessen können. Und plötzlich fühlte er Sehnsucht in sich aufsteigen. Eine Sehnsucht, die während seines dreitägigen Aufenthalts zwar für kurze Zeit aufgeflammt, aber nie zum Lodern gelangt war. Und wieder wurde ihm schmerzlich bewußt, was er mit ihr verloren hatte. Mit Mühe konnte er dem Impuls widerstehen, sie anzurufen oder gar in den nächsten Zug zu steigen, um zu ihr zu fahren. Irrsinn. Wie war das möglich? Dabei hatte er fest geglaubt, sie schon vergessen zu haben. Wenn sie jetzt hier wäre, mit Behagen in ein Croissant beißen würde, würde ich ihr erzählen, was ich in den letzten Tagen erlebt, mit wem ich gesprochen habe. Hatte sie nicht immer gesagt:»Ich möchte, daß du zufrieden, daß du glücklich bist. Wenn es dir gut geht, fühle ich mich auch wohl.«

Einen solchen Menschen hatte es einmal an seiner Seite gegeben. Er hatte sie vergessen wollen. Jetzt stand sie wieder vor seinen Augen. Er sah sie vor sich: ihr sanftes Gesicht, ihre Augen, die ihm jahrelang die Gewißheit gegeben hatten, daß er von ihr geliebt wurde. Das wird furchtbar, stöhnte er.

Er empfand einen inneren Zwang, sich aus der Welt der anderen Menschen zurückzuziehen, sich trotzig der Gegenwart der vielen zu widersetzen. Er glaubte, sein Selbstwertgefühl durch einen totalen Rückzug auf sich selbst stärken zu können. Dieser masochistische Zug in ihm – sich in die Einsamkeit des eigenen Ich zu verkriechen – mußte von vornherein jedes glückliche Zusammensein mit einer Frau vereiteln. Er empfand Genugtuung, andere vor den Kopf zu stoßen – die sadistische Seite dieses Verhaltens. Er sah ihr Kopfschütteln und Unverständnis in Gedanken vor sich und es quälte ihn, während er zugleich triumphierte.

2

Draußen zog eine liebliche Landschaft vorüber. Er sah hinaus, ohne sie wahrzunehmen. Vielleicht hätte ihn das Gespräch mit einer fremden Person von seinen Gedanken an Marianne abbringen können. Aber nur ein Mann saß ihm gegenüber, und der hatte den Kopf in seine Jacke gedrückt und schlief.

Er stellte sich vor: Marianne säße mit ihm in irgendeinem Zug. Nicht in diesem, in dem er sich gerade befand. Vielleicht hielt der Zug gerade. Sie sahen den Leuten beim Einsteigen zu und machten sich gegenseitig auf ihre Beobachtungen aufmerksam. Ihm war, als ginge jetzt die Abteiltür auf und sie käme herein, um ein Gespräch zu wiederholen, das sie damals, im letzten Jahr ihrer Freundschaft, mit ihm geführt hatte.

»Du kannst keine echte Beziehung eingehen, weil du dich nicht loslassen willst. Wer wirklich liebt, der gehört sich nicht mehr selber. Liebst du mich überhaupt?« »Ich hatte immer Schwierigkeiten mit diesem Wort. Es wird heute so inflationär verwendet. Ich brauche dich.« »Du zögerst also. Wer wirklich liebt, der weiß das auch und hat keine Hemmungen, das Wort auszusprechen. Es sei denn ... er muß befürchten, nicht wiedergeliebt zu werden.« »Das ist wahr.« »Aber ich habe dir, was mich betrifft, nie einen Anlaß zum Zweifel gegeben.« »Weißt du denn was das heißt: zu lieben? Es gibt doch so viele Möglichkeiten, das Wort zu deuten.« »Dazu neigt nur derjenige, der von ihr nicht erfüllt ist. Aber ich bin ja selber so unsicher geworden.« »Worin unsicher?« »Na, in dem was ich für dich empfinde.«

So hatte sie noch nie gesprochen. Dieses Thema war eigentlich tabu für sie beide gewesen. Er merkte, daß er ein wenig zitterte. Es war ein Kältehauch, der von ihren Worten ausging. Ihm war zumute wie einem, der Sonne gewöhnt ist und plötzlich zu seiner Überraschung feststellen muß, daß sich ein Wolkenschleier vor das gewohnt strahlende Gestirn gelegt hat und der verwöhnten Erde damit Wärme nimmt.

»Durch dich bin ich unsicher geworden.« »Wieso durch mich?«

Sie blickte ein wenig traurig. Sie schwieg. Er hatte Angst vor unangenehmen Worten, vor allem vor Worten, die eine neue Situation andeuteten. Trotzdem überwog die Neugier und mutig wiederholte er: »Inwiefern habe ich dich unsicher gemacht?« Er wurde ungeduldig. »Bitte, sag es mir.« »Es ist nicht so einfach, das zu sagen. Wenn man seines Gefühls sicher ist, dann kommen die Worte von selbst. Es bedarf dann nur weniger Worte. Aber dafür ist auch jedes wahr.« Sie zögerte noch einen Augenblick, dann sagte sie mit langsamer Stimme: »Was ich heute mit Bestimmtheit sagen kann ist: Ich habe dich geliebt. Ja, dessen bin ich mir absolut sicher. Ich war glücklich – damals vor vier Jahren. Und manchmal glaube ich, ich bin es heute noch. Aber dann kommen mir wieder Zweifel. Du bist ein so schwieriger Mensch, steckst voller Probleme. Dafür kannst du nichts.« Sie schwieg eine Weile. Er forderte sie leise auf: »Sprich doch weiter.« »Robert, ich will ganz ehrlich sein. Ich will dir natürlich auch nicht weh tun.« Er zuckte zusammen. Das Nicht-weh-tun-Wollen bedeutete nichts Gutes. »Früher habe ich fest geglaubt, wir würden immer zusammenbleiben.« »Und jetzt?« Ohne auf seine Frage direkt einzugehen, mit ihren Gedanken beschäftigt, sagte sie: »Du bist immer nur mit dir beschäftigt. Ich mache dir das nicht zum Vorwurf. Du hast so viele Gedanken, deine geistigen Interessen. Du hast sicher recht mit dem, was du vor einiger Zeit gesagt hast.« »Was habe ich gesagt?« »Daß ich zu oberflächlich für dich bin.« »So habe ich das nie gesagt.« »Doch Robert, du hast es gesagt. Vielleicht nicht genau so, aber ähnlich. Ich habe darüber nachgedacht, ich glaube, daß du recht hast.« »Aber du bist nicht oberflächlich. Im Gegenteil.« Sie hörte nicht, was er sagte. »Ich habe andere Interessen. Aus deiner Sicht hast du dich darüber zu recht beklagt. Ich blättere gern in Modeheften, lese Zeitungsartikel, die nur Banales zum Thema haben.« »Du hast gesagt, du hast mich geliebt. Das klang so, als empfändest du jetzt nichts mehr für mich.« »Was ich einmal für dich empfunden habe, kann heute nicht völlig vorbei sein. Es ist vielleicht nur zugedeckt. Wir haben uns gestritten. Wir haben oft festgestellt, daß wir nicht einer Meinung sind. Das ist an sich nicht schlimm, kann sogar interessant sein. Aber wir beide sehen die Welt mit verschiedenen Augen. Wir sind oft zu weit auseinander, daß ich denke: ich verstehe ihn nicht mehr und er mich nicht mehr. Die Schwierigkeiten, die wir in der letzten Zeit hatten, haben bei mir vieles zugeschüttet. Nach unseren vielen Gesprächen sind wir oft einfach auseinandergegangen. Vielleicht hättest du mich oder wir uns hinterher in den Arm nehmen sollen – so wie wir das doch früher immer getan haben. Dann wäre alles gut gewesen. So hatte ich immer das Gefühl, ich sei für dich nur ein zufälliger Gesprächspartner.« »Warum hast du kein Wort gesagt?« »Worüber? Daß ich auf Zärtlichkeiten gewartet habe? Das hättest du spüren müssen. Du hast vorhin gesagt, du brauchst mich. Kannst du dir auch vorstellen, daß ich dich brauche?« »Du machst mir Vorwürfe.« »Nein, nicht Vorwürfe. Du willst auf deine Frage eine ehrliche Antwort, ob ich dich noch so gern habe wie früher ... heute ... Ich weiß es nicht. Du steckst voller Ängste. Du hast auch Angst vor der Liebe, vor dem Gefühl.« »Das verstehe ich nicht.« »Ich muß ja auch meine Worte sorgfältig wägen, um dir nicht weh zu tun. Ich weiß, wie empfindlich du bist.« »In der Beziehung brauchst du keine Rücksicht nehmen, du brauchst mich nicht zu schonen.« »Du möchtest dir bei Gefühlen, die du zweifellos hast und einer Frau wie mir entgegenbringst, immer noch ein Hintertürchen für einen

Rückzug offenhalten.« Sie hielt inne. »Du guckst erstaunt, aber es stimmt. Du willst dich nie ganz loslassen, ganz einem Gefühl ausliefern. Mit einem Wort: du willst auch in der Liebe kein Risiko eingehen.« »Und davon bist du überzeugt?« »Ja. Ich habe dich beobachtet. Wie lange kennen wir uns? Vier Jahre? Eine lange Zeit. Vor allem lang genug, um dich kennenzulernen.« Er blickte versteinert. Sie hatte ja recht. So stand es mit ihm. Er fühlte sich entdeckt. Er wollte immer von ihr mehr geliebt werden; ihre Liebe sollte immer stärker sein als die seine. Und warum? Er wußte es nur zu gut: er wollte sich bei allen Beziehungen mit Frauen einen Fluchtweg offenhalten. Und das war immer so gewesen. »Versteh mich«, fuhr sie fort, »wie können wir beide dauerhaft glücklich werden, wenn du dich nicht ohne Vorbehalt zu mir bekennst! Da wir gerade dabei sind, uns auszusprechen: Du zwingst mich durch dein Verhalten, mißtrauisch zu werden. Das ist Gift für jede Beziehung. Da muß ich mir immer sagen, du darfst ihn nicht zu sehr lieben, er ist noch unsicher in seinem Gefühl zu dir. Also sei vorsichtig. Ja, so etwa. Und ich muß mein Gefühl drosseln. Ob man das überhaupt kann, weiß ich nicht. Aber wenn man sich einem Gefühl nicht vorbehaltlos hingeben darf und durch den Freund dazu gezwungen wird ...« Sie schwieg. Er ließ ihren Redeschwall über sich ergehen. Es war das erste Mal, daß sie so ausführlich über ihre Gefühle sprach. Diese waren nie ein Thema gewesen. Sie hatten so getan, als seien sie einfach da, wie selbstverständlich. Sie fuhr fort: »Aber ich will das gar nicht. Nur, was wird aus einem Gefühl, das du aus Selbstschutz immer auf Sparflamme drehen mußt?« Sie blickte zu ihm auf, sah ihm fest ins Gesicht. »Es gibt Augenblicke, wo ich denke, daß ich nichts mehr für dich empfinde. Aber das macht mich erst recht nicht froh. Ich möchte, daß es wieder so wird wie früher.« »Aber das kann es doch auch wieder werden.« »Du warst das Liebste, was ich einmal hatte. Ich fürchtete immer, daß dir etwas zustoßen könnte. Ich hatte immer Angst um dich, war unruhig, wenn du später kamst

...« Er schöpfte Hoffnung. Sah sie nicht für sie beide eine Chance, an die vergangene Zeit anknüpfen zu können? Aber dann sagte sie plötzlich:»Das ist vorbei. Ich erschrecke oft, wie gleichgültig ich gegen dich geworden bin. Dann versuche ich, mich in die erste Zeit unserer Freundschaft zurückzuträumen. Aber damit kann man kein altes Feuer entfachen. Ich spüre, daß du mich lieben möchtest, aber du kannst es nicht.«

Mit traurigem Blick hatte er die letzten Worte gehört, achtete auf jedes Wort, das sie sprach. Jetzt sagte er leise und in einem Ton, als spräche er eine ihm längst bekannte Wahrheit aus:»Du meinst, daß ich mich selbst zu sehr liebe, um noch andere lieben zu können?« Sie sah ihn erstaunt an, überlegte. »Das weiß ich nicht. Ich weiß nur, daß du mit deinen Gedanken um dich selber kreist und möchtest, daß andere das auch tun. Wie sehr du dich dabei selber lieb hast, kann ich nicht ermessen. Es könnte doch auch sein, daß du dich gerade deswegen haßt.«»Aber ich kann mir nicht vorstellen ...« Er sprach nicht weiter. »Was nicht? Was kannst du dir nicht vorstellen?«»... daß du nicht mehr für mich da bist.«»Du merkst scheinbar nicht, daß alles, was du sagst, immer auf dasselbe hinausläuft. Das habe ich schon längst gemerkt.«»Auf was hinausläuft?«»Du merkst es nicht, kannst es vielleicht gar nicht merken. Ich soll für dich dasein. Aber kannst du dir auch einmal vorstellen, daß du für mich da bist? Daß der ganze Robert für mich da ist? Jetzt machst du wieder dein erstauntes Kindergesicht. Ich sehe, daß du es dir nicht vorstellen kannst. Wenn du auch für mich, für unsere gemeinsame Zukunft da wärst, dann würdest du dich auch schonen, weil du dich für mich verantwortlich fühlst. Du würdest zum Beispiel nicht so viel trinken.«»Aber ich trinke doch nicht so viel.« Ein Lächeln umspielte ihre Mundwinkel, das müde und ironisch zugleich Zweifel an seiner Behauptung zum Ausdruck bringen sollte. »Viel zu viel. Dein Weinkonsum ist gestiegen, ich habe dich beobachtet.«»Ich trinke eine Flasche Wein am Abend.«

»Mach dir doch nichts vor! Es bleibt doch nie dabei. Ich sehe doch, wie du fast jeden Abend eine zweite öffnest, die ...« Er unterbrach: »Das kommt selten vor. Vielleicht am Wochenende.« Sie überhörte seine Worte. »... die dann später auch leer ist. Ja, aber lassen wir das. Wir haben das Thema so oft schon behandelt.« »Du trinkst doch auch mit.« »Das bist wieder typisch du. Ein Glas, mehr nicht. Mehr bekommt mir auch gar nicht, das weißt du ganz genau. Aber ich habe keine Lust mehr, über dieses Thema zu sprechen. Wenn du dich kaputt machen willst, dann tu es.«

In seiner Not verfiel Robert auf eine Methode, die ihm früher schon geholfen hatte: er zählte sich verkrampft ihre vermeintlichen Schwächen auf, die er noch im Gedächtnis bewahrt hatte und vergrößerte sie, um sich nicht durch angenehme Erinnerungen traurig stimmen zu lassen. Ich will innerlich frei werden, sagte er zu sich. Das ist das, was ich brauche. Aber es war ihm nur allzu klar: wenn er an die letzte Stunde dachte, dann hatte er sie nur in Gedanken an Marianne verbracht. Und die schmerzliche Sehnsucht, die er empfand, wurde größer. Einen Augenblick dachte er daran, sein Reiseziel Tübingen aufzugeben, auf der nächsten Station auszusteigen und mit dem Gegenzug nach Hause zu fahren. Er würde spät abends ankommen. Dann würde er sich betrinken, um die Nacht durchzustehen. Am nächsten Morgen würde er sie anrufen, um eine Verabredung bitten, um ihr zu gestehen, wie verzweifelt er sich nach ihr gesehnt habe. Er würde sie bitten, es noch einmal mit ihm zu versuchen. Nur noch ein einziges Mal. Er könne nicht ohne sie leben. Er wolle auch alles tun, um ihr das Leben so angenehm wie möglich zu machen. Überhaupt werde sie bald erkennen, daß er nach ihrer Trennung ein neuer Mensch geworden sei. Und wenn sie nun nicht einwilligte? Er sah sich schon vor ihr auf den Knien liegen und betteln, es noch einmal mit ihm wagen zu wollen. Schließlich ist es keine Schande, sich vor einer Frau zu erniedrigen, die man liebt. Schließlich war sie eine Frau, die es wert war, daß man vor ihr auf den Knien lag. Es sollte auch alles wieder so wie früher werden, als sie sich kennenlernten.

Schon war er bereit, entsprechend zu handeln, als ihm noch vor Erreichen der nächsten Station einfiel, wie wankelmütig er oft gewesen war. Er würde sicher seinen Entschluß schon nach einer Stunde bereuen und wieder dort landen, von wo er heute morgen aufgebrochen war. Er gab sich verzweifelt Mühe, sie vor sich schlecht zu machen. Es ging darum, die Gedanken, wenn sie schon nicht von der jungen Frau ablassen konnten, in eine andere Richtung zu zwingen. Das wirkte immer verkrampft, half aber ein wenig. Hatte sich Marianne nicht gewandelt? Hatte das nicht auch zu ihrem Zerwürfnis beigetragen? Aber in welcher Hinsicht hatte sie sich gewandelt? Angespannt versuchte er, sich auf ihre Schwächen zu konzentrieren, ihre Fehler. Indem er sie sich vergegenwärtigte, würde, wie er hoffte, an die Stelle seiner Sehnsucht, die in ihm immer stärker zu lodern schien, vielleicht eine Art Wut auf sie entstehen. Man müßte sich ein Enttäuschtsein einreden. Wenn er sich ihre Fehler oder das, was er für Fehler hielt, ins Gedächtnis rief, war es vielleicht möglich, sich das Andenken an sie wenigstens so weit zu verleiden, daß man Atem schöpfen konnte für die Kraft, die Gedanken von der jungen Frau wegzulenken.

So sehr er sich bemühte: ihm fielen keine Fehler ein. Schließlich dachte er an ihre Gewohnheit, ihn für etwas zu schelten. Zum Beispiel ihn für seine maßlose Art, mit Wein umzugehen, zu tadeln. Es hatte ihn manchmal geärgert. Oft hatte sie ihm auch mangelnden Ehrgeiz vorgeworfen. Das war ihm lästig gewesen. Aber nun geschah das Seltsame, daß ihm dieses Verhalten von ihrer Seite gar nicht als Fehler erschien. Es war nur Ausdruck ihrer Fürsorglichkeit für ihn gewesen, also Ausdruck ihrer Liebe. Und ohne daß er es wollte, liebte er sie gerade wegen dieser Eigenschaften, die ihm, dem Labilen, ein Gefühl von Geborgenheit ermöglichten, das er jetzt in seinem Alleinsein so schmerzlich vermißte. Wenn sie doch nur noch einmal mit mir schimpfen würde, dachte er.

So sehr er auch versuchte, seine Gedanken auf etwas anderes zu lenken – es gelang nicht: ihr Bild setzte sich gegen alle neuen Bilder durch, auf die er sich konzentrieren wollte. Je länger er an sie dachte, um so leuchtendere Farben nahm ihr Bild an. O Gott, ich liebe sie ja! Immer noch! Ich glaubte doch schon seit Monaten, sie vergessen zu haben. Und jetzt? Sie erscheint mir liebenswerter, begehrenswerter denn je. Ich war doch so sicher, daß ich Marianne nicht mehr liebte, daß mich nur noch ein paar nostalgisch aufgewärmte Erinnerungen an sie banden. Oder liebe ich sie erst, seitdem sie sich von mir getrennt hat? Je öfter er sich diese Fragen stellte, um so hartnäckiger krallte sich ihr Bild in ihm fest, ließ ihn nicht mehr los. Seine Gedanken kreisten nur noch um einen Punkt: um sie, die ihm um so verlockender erschien, je weiter sich der Zug von ihr weg in die entgegengesetzte Richtung bewegte.

3

Marianne wußte, daß er sich nicht ändern würde. Sie war lange bereit gewesen, ihm zu helfen, ihm durch ihre milde Gegenwart einen Halt zu geben. Sie liebte ihn auch noch, als ihr Verhältnis durch sein schwieriges Wesen in eine Krise geraten war. Ob sie ihn aber bis zum Schluß ihrer Freundschaft noch liebte, entzieht sich meiner Kenntnis. Sie hat es mir nie verraten. Vielleicht wäre alles besser gelaufen, wenn Robert seine Wohnung behalten und nicht zu ihr gezogen wäre. Das geschah schon ein Jahr nach ihrem Kennenlernen. Meine Schwester, die, was ihre Mentalität angeht, sicher nicht zu den emanzipierten Frauen zu zählen ist, ist eine Persönlichkeit, die sich durch die Nähe zu Robert nicht in dem

Maße entfalten konnte, wie sie es hätte tun können, wenn sie beide ihr eigenes Reich behalten hätten. Ohne daß sie an ein Ende ihrer Freundschaft dachten, entschieden sie sich schon nach einem Jahr des Zusammenlebens wieder für getrennte Wohnungen. Aber das lag, wie ich meine, in erster Linie an Roberts kompliziertem Charakter.

In den ersten Jahren ihres Kennenlernens war meine Schwester am glücklichsten. Robert hatte, wie sie fand, etwas Hilfloses, Schutzbedürftiges, das sie mit mütterlichem Instinkt an ihm schätzte und ihr die Möglichkeit gab, ihrer Neigung, einen geliebten Mann zu verwöhnen, nachzukommen. Aufgrund ihrer konservativen, altmodischen Erziehung – ich weiß als ihr Bruder, wovon ich rede – sah sie es gern, wenn ihr ein Mann geistig überlegen war. Nur dann würde sie sich wohl fühlen. Was das Gefühl von Geborgenheit angehe, so müsse es zwischen Mann und Frau ein Geben und Nehmen sein. Sie gebe Robert häusliche Wärme, die er so dringend brauche. Außerdem sei sie für ihn eine ernstzunehmende Gesprächspartnerin. Er habe sie in dieser Hinsicht schon oft gelobt. Sie ihrerseits könne auch nur einen Mann lieben, zu dem sie geistig aufzuschauen vermochte. Ein Mann müsse durch sein Wissen und seinen Intellekt imponieren.

Zunächst ahnte sie nicht, daß sie es bei ihm mit einem Einzelgänger, ja Sonderling zu tun hatte. Dann kam es oft vor, daß ihre Interessen kollidierten, wenn Marianne sich ein Theaterstück ansehen, Robert aber lieber drei Stunden durch einen Frühlings- oder Herbstwald wandern wollte. Er hatte nicht die Absicht zu heiraten, fand die Vorstellung von sich selbst als Ehemann komisch. Aber mußte er es denn immer wiederholen? Er sagte es so oft, daß es sie schließlich kränken mußte. Sie lernte von ihm, las alle Bücher, die er ihr zum Lesen vorschlug.

Robert gab sich manchmal lustig; aber seine Lustigkeit war aufgesetzt. Ein Trotzdem, das erkannte sie sehr schnell.

Marianne war ein fröhlicher Mensch, ohne oberflächlich zu

20

sein. Sie lachte viel und gern. Sie hatte es sich zur Aufgabe gemacht, dem geliebten Mann ein wenig von seiner Problemschwere zu nehmen, ihm von ihrer positiven Einstellung zum Leben etwas abzugeben, ihm zu helfen, die chronisch auftretenden depressiven Phasen leichter durchzustehen. Sein Fehler: er hielt ihr Tun für selbstverständlich, so als stünde ihm zu, von einer Frau wie Marianne geliebt und verwöhnt zu werden. Er wurde mit der Zeit schwieriger. Manchmal war er nach den Worten meiner Schwester unausstehlich. Und das – völlig unverständlich – gerade während ihres gemeinsamen Urlaubs.

Allmählich fühlte sie sich wohl überfordert. Sie hatte ihr Leben vor sich gesehen an Roberts Seite. Ich weiß auch genau, daß sie auf eine spätere Heirat hoffte. Sie wollte – und in dieser Hinsicht empfand sie modern – nicht um jeden Preis heiraten. Schließlich hat sie einen Beruf, der ihr Freude bereitet und sie wirtschaftlich unabhängig macht. Aber sie empfand wie wohl jede normale Frau: einen Mann, den man liebt, möchte man auch irgendwann heiraten, schon um den Kindern, die sie von ihm haben möchte, eine elterliche Geborgenheit, eine intakte Familie zu bieten. Warum sollte meine Schwester hierin eine Ausnahme sein?

Sie verlor ihre Unbeschwertheit, ihr fröhliches Wesen, paßte sich seiner ernsten Art an. Sie mochten sich wohl drei Jahre kennen, als mir an einem Abend, den ich mit den beiden verbrachte, schlagartig auffiel, wie ernst sie selbst geworden war. Sie spürte den Wandel, der mit ihr vorgegangen war. Langsam und unmerklich vollzieht er sich, bis man eines Tages merkt, daß man anders geworden ist. Sie selbst hat den Wandel sicher nicht in dem Maße bemerkt wie ich, der ich sie seit unserer Kindheit kenne und von außen beobachten konnte. Aber sie spürte das wohl selbst und wollte ihr bestes Gut, ihre lebensbejahende Fröhlichkeit, nicht einem ungewissen Glück mit einem schwierigen Mann opfern. Nach vier Jahren trennten sie sich endgültig.

4

Er machte einen neuen Versuch. Wenn es auch nicht möglich war, ihr Verhalten gegen ihn als fehlerhaft zu bezeichnen, so war sie doch während der letzten Zeit ihrer Freundschaft sehr oberflächlich geworden. Ja, das war sie, daran bestand kein Zweifel. Wie stark hatte er das empfunden. Sie war nicht mehr die Marianne gewesen, mit der er die Kunstschätze Europas besucht hatte. Ihr Interesse war erlahmt, während seines gestiegen war. Und hatte das nicht den Ausschlag gegeben zu der Erkenntnis, daß sie beide nicht zusammenpaßten?

Wenn er an Bamberg dachte ... Die erlebnisreichen Tage zu Beginn ihrer Freundschaft ... In welchem Jahr war das noch? Es kam nicht darauf an. Sie hatten vor einem Domportal gestanden und das Tympanon studiert, welches das Jüngste Gericht zum Thema hatte: Der Herr der Finsternis zog die Verdammten an einem langen Seil, das er um ihre Körper geschlungen hatte. Auf diese Armen wartete der weit aufgesperrte Rachen eines Ungeheuers, das sie zu verschlingen trachtete.

Sie hatten zuerst gelacht, dann waren sie nachdenklich geworden und hatten die Kirche des Mittelalters verurteilt, die sich derartiges hatte einfallen lassen, um die Gewissen der einfältigen Menschen an sich zu binden und so die Macht über ihre Herzen ausüben zu können. Wie lange hatten sie beide über die Macht des Ideologischen gesprochen, ihren Mißbrauch verurteilt. Ja, es gab die Hölle, es gab sie hier im Diesseits. Und er, Robert, hatte ihr von dem Seil erzählt, das irgendein Teufel auch um ihn geschlungen habe. Aber wo war jetzt der Teufel? Wie sollte man ihn definieren? Bis in die Nacht hinein hatten sie bei Rauchbier diskutiert.

Robert wollte sich nicht länger erinnern. Ihm fiel ein, was er eigentlich beabsichtigte: sie in seinen Augen schlechtzumachen. Und heute? dachte er, Jahre später: würde sie, Marianne, nicht wie ein

Fremdkörper in dieser alten Stadt wirken? Damals integrierte sie ihr Interesse. Heute hatte es sich verlagert, hatte sich anderen Gebieten zugewandt. Wenn er daran dachte, mit welchen Leuten sie heute verkehrte. Robert schüttelte sich vor Abscheu, um seiner Einsicht noch mehr Nachdruck zu verleihen. Und fühlte sie sich nicht zu diesen Menschen hingezogen? Ja, es war doch richtig gewesen, daß sie sich trennten.

Er lehnte sich zurück und wollte den neuen Zustand seines Bewußtseins genießen. Aber es nutzte nichts. Alles, was er sich soeben eingeredet hatte, zerplatzte wie eine Seifenblase, die man hatte zu groß werden lassen. Er gab die Versuche auf. Je mehr er sich zwang, sie kritisch zu sehen, um so größer wuchs die Sehnsucht nach ihr. In dumpfer Verzweiflung sah er wieder angestrengt in die Landschaft. Wälder und Weinberge flogen schemenhaft vorbei. Er überließ sich seinem Zustand. Sein Blick richtete sich nach innen. Die unermüdlich reproduzierende Erinnerung wurde zur Gegenspielerin seines Wunsches, vergessen zu können, seiner Hoffnung, nicht länger dieses seelische Gepäck aus vergangenen Zeiten mit sich herumschleppen zu müssen. Vielleicht habe ich den Kairos, den entscheidenden Augenblick im Leben eines Menschen, der über sein Glück und Unglück entscheidet, zu meinem Nachteil verpaßt.

5

Im Laufe der vier Jahre hat mir meine Schwester viele Briefe geschrieben, nachdem ich ihr angeboten hatte, bei mir, ihrem zehn Jahre älteren Bruder, ›seelischen Müll‹ abzuladen. Es sind zum Teil sehr lange Briefe, die den Leser ermüdeten, würde ich sie in voller Länge vorlegen. Das habe ich nur in zwei Fällen getan, weil mir schien, daß diese beiden Briefe aus dem Urlaub symptomatisch für das Zusammenleben der beiden waren. Aus den zuletzt, das heißt im vierten Jahr ihrer Freundschaft geschriebenen Briefen zitiere ich nur einige, bewußt nach Kriterien ausgewählte Sätze, die deutlich zeigen, wie bei meiner Schwester das anfängliche Glücksgefühl in eine krisenhafte Stimmung umschlug.

Zitate aus verschiedenen Briefen von Marianne an ihren Bruder Hans:

1. Ich würde mir Roberts Verhalten energischer verbieten, wenn ich wüßte, daß es aus purer Launenhaftigkeit entstanden ist. Aber ich spüre seine innere Not. Ich erkenne auch, daß er dagegen anzukämpfen versucht. Er leidet vielleicht am meisten. Ich glaube nicht, daß er mir absichtlich weh tun will.

2. Er schreibt fast jeden Tag in irgendein Notizheft. Er führt ein solches Heft ständig bei sich, liegt am Strand, mit Hemd und Hose bekleidet und macht Eintragungen. Es gebe für ihn nichts, das langweiliger sei als unter anderen Menschen am Strand zu liegen, meint er. Wenn er keine Notizen macht, lernt er französische Vokabeln. Nur so. Eine Gelegenheit, mit einem Franzosen zu sprechen, sucht er nicht.

   Neulich hatte er einen Ausspruch von Baudelaire gefunden und ihn mir triumphierend unter die Nase gehalten. Er soll belegen, daß auch noch andere vor ihm so empfunden haben: »Les vrais voyageurs sont ceux, qui partent pour partir.«

   Was mir an Robert gefällt, ist, daß er über sich lachen kann. Du kennst ihn ja und weißt auch, daß er auf eigene Kosten Witze machen kann. Aber ich glaube, es ist mehr ein schwarzer Humor. Im Grunde meint er alles sehr ernst.

3. Ich fürchte, er liebt nur sich selbst. Er braucht mich, ja, aber doch nur, weil ein sich selbst liebender Mensch einen Halt braucht, wenn ihn sein Isoliertsein nicht zu sehr schmerzen soll. Um

sein selbst gewähltes Isoliertsein für sich selber erträglich zu machen, braucht er mich.

4. Robert will im Grunde allein sein. Ein Teil seines Wesens will es. Er lebt in einer Welt, die er sich geschaffen hat. Ich habe in der letzten Zeit oft das Gefühl, daß ich ihm im Wege stehe.

5. Das Weinsaufen und Mondanbeten sind in der letzten Woche seine wichtigsten Beschäftigungen geworden. Ist das genug?

6. Hans, heute muß ich Dir etwas anvertrauen. Robert und ich haben kaum Geheimnisse voreinander. Er liest die Briefe, die ich an Dich schreibe. Vielleicht gibt es wenige Männer, die vor ihrer Frau ihre innersten Regungen ausbreiten. Robert will keine Kinder. Aber ich habe den Wunsch nach einem Kind. Ich habe ihn immer hinausgeschoben. Ich werde in kurzer Zeit dreißig Jahre alt. Ich komme in keine Paniksituation, aber wenn ich andere Mütter mit Kindern sehe ... Na, Du weißt, was ich sagen will. Mit Robert kann ich darüber nicht sprechen, wie so oft: er will keine Verantwortung übernehmen. Und darin bin ich auch altmodisch: ich möchte kein Kind ohne verheiratet zu sein.

6

Er sah sich mit ihr in einem Raum sitzen. Sie trafen sich in einer Gaststätte, die sie zur Zeit ihres Kennenlernens häufig besucht hatten. Zum grünen Kostüm trug sie einen schwarzen hochgeschlossenen Kaschmirpullover. Eine Kombination, die ihm immer besonders gefallen hatte. Es war das letzte Mal, daß sie sich zu einem Gespräch verabredet hatten. Er hatte sie darum gebeten. Ihm war, als käme jetzt jedes Detail dieses Abends noch einmal auf ihn zu, um ihn wie mit unsichtbaren, aber gerade deshalb um so tückischeren

Fäden an eine Vergangenheit zu fesseln, die er schon abgestreift zu haben geglaubt hatte.

Sie, die lange unentschlossen gewesen war, lange gezögert hatte, wußte: es geht nicht. Kein Zögern mehr, kein zermürbendes Überlegen. Plötzlich die Gewißheit, die eine Entscheidung möglich macht. »Ich will auch alles wieder gutmachen. Ich werde an mir arbeiten, du wirst sehen ...« Die seelische Not, in der er sich befand, ließ ihn so reden. Marianne schüttelte den Kopf. Es war ein langsames Kopfschütteln, das Entschiedenheit ausdrückte, nicht von einer Emotion begleitet wurde. Es signalisierte, daß der getroffene Entschluß nicht mehr rückgängig zu machen war. Seine Stimme klang fast flehentlich: »Wir könnten doch heiraten.«

In seiner Verzweiflung merkte er nicht, daß er gar nicht an das, was er sagte, glaubte. Während der vier Jahre, die sie schon zusammenlebten, hatte er ihr nie einen Heiratsantrag gemacht, im Gegenteil. Wie oft hatte er ihr gesagt: »Ich will nie heiraten.« Und sie hatte jedesmal trotzig gesagt: »Ich auch nicht.«

Sie sah vor sich auf den Boden, dann sagte sie leise, aber für ihn deutlich hörbar: »Nein.« Es klang ein wenig traurig, aber auch eben endgültig. Er sprach wie jemand, der Hilfe sucht, aber doch eigentlich weiß, daß es keine Hilfe mehr gibt: »Aber warum denn nicht?« fragte er. Es klang fast kläglich. Sie blieb stumm. »Ich habe so viele Fehler gemacht. Ich habe mich egoistisch verhalten.« So hatte er noch nie zu ihr gesprochen. Er wußte, daß er sich auf einer Gratwanderung befand, auf seiner Gratwanderung.

Er versuchte verzweifelt, etwas wiederzugewinnen, was nicht mehr zurückzuholen war: ihr Gefühl für ihn. Das Bewußtsein, sich behaupten zu müssen vor ihr, wenn sie nicht die Achtung vor ihm verlieren sollte, und das Bedürfnis, sich zu demütigen, sich vor ihr zu entäußern, kämpften miteinander. Er wollte es mit einer neuen, eindringlichen Suggestivfrage versuchen. »Aber du liebst mich doch noch?!« Er wählte einen Ton, in dem noch das alte Selbstgefühl mitschwingen sollte. Sie antwortete nicht. Sie kannte ihn zu lange, um nicht zu wissen, was in ihm vorging. Sie sagte: »Ich weiß es nicht, ich kann dir nichts sagen. Du mußt Geduld haben. Ich werde dir schreiben.«

Er haßte das Wort ›schreiben‹, wenn es um Liebe ging. Besonders dann, wenn es um Abschied ging. Er spürte deutlich, daß es für ihn nichts zu retten gab. Um sich einen Abgang zu verschaffen, mit dem man hinterher leben konnte und um den Schmerz gekränkter Eitelkeit erst gar nicht mächtig werden zu lassen, hatte er früher in ähnlichen Situationen einem Impuls nachgegeben, der ihn drängte, heftig gegen den anderen zu werden. Er wählte böse verletzende Worte, die sein Gegenüber absichtlich erniedrigen sollten. Es war eine Art Rache für die verlorene Liebe und – wie er sich zu seiner Rechtfertigung sagte – für den Verrat. Der Wille zur Selbstbehauptung ließ ihn das Verhalten der anderen als Verrat ansehen, der um so schwerer wog, weil ja doch er, der Sensible, der Gefährdete, von der Frau in die Kälte des Alleinseins zurückgestoßen wurde.

Bei Marianne kam ihm dieser Impuls nicht. Im Gegenteil, er hätte jetzt Lust gehabt, sich vor ihr zu demütigen, um Liebe zu betteln. Aber er fand keine Worte. Plötzlich hatte er das Gefühl ihrer unwürdig zu sein. Seltsam. Diese Empfindung war ihm nicht unangenehm. Bevor er noch etwas sagen konnte, fragte sie: »Und du, liebst du mich denn?«

Als er schwieg, sagte sie im Ton der Überzeugung: »Du weißt es auch nicht. Du weißt es wahrscheinlich deshalb nicht, weil du noch nie geliebt hast. Vielleicht kannst du gar nicht lieben. Was mich betrifft, so hast du es dir eingeredet. Du wolltest es gern, ja, du wolltest es. Aber du konntest nicht.«

Es war richtig, was sie sagte. Er konnte nicht eine Liebe erwidern, wenn er sich zu schnell sicher sein durfte, daß er geliebt wurde. Er hatte es immer wieder bitter erfahren müssen. Die Fähigkeit, eine Frau zu lieben, von der er wußte, daß sie ihn liebte – diese Fähigkeit besaß er nicht. Er hatte sie sich oft gewünscht, aber weder der Wunsch noch ein ehrlicher Wille hatten ihm Erfolg gebracht. Und umgekehrt hatte ihn die Erfahrung gelehrt, daß er als Liebender keine Chance hatte, von der geliebten Frau Liebe zu bekommen. Er hatte oft darüber nachgedacht, war aber zu keinem Ergebnis gelangt. Endlich glaubte er an einen Mechanismus, der in seinem persönlichen Wesen seinen letzten Grund hatte.

Er hatte es während der Jahre mit Marianne wieder erfahren müssen. Ihr mußte sehr bald aufgefallen sein, daß er sich scheute, seine Gefühle für sie mit dem Wort ›Liebe‹ zu bezeichnen. Nie war das Wort über seine Lippen gekommen. Von tiefer Zuneigung war bei ihm die Rede gewesen. Sie hatte sich nicht beschwert, wenigstens zunächst nicht. Später schon. Als sie in einer glücklichen Stimmung ihm einmal zuflüsterte:»Ich liebe dich«, hatte er sich verpflichtet gefühlt zu antworten. Und weil ihn irgend etwas hinderte, dasselbe zu sagen wie sie, versuchte er mit den Worten:»Ich habe dich auch sehr lieb« ihrer Erwartung zu genügen. Etwas später sagte sie nur beiläufig:»Übrigens ... man kann auch seine Eltern und Geschwister sehr lieb haben.« Sie setzte noch ein schmerzliches Lächeln auf.»Du mußt mir jetzt viel Zeit lassen. Es ist besser, wenn du nicht mehr in meine Wohnung kommst. Ich schreibe dir noch.« Nach dieser Unterredung verließ er, ohne ein Wort zu erwidern, dumpf und wie betäubt das Lokal. Er wußte, daß er Marianne jetzt erst würde richtig lieben können, jetzt, wo es wieder einmal zu spät war.

7

Er dachte an die Anfänge seiner Begegnung mit ihr. Der erste Abend, nachdem er sie bei ihrem Bruder kennengelernt hatte. In einer Kneipe hatten sie einen Tag später gegessen.

Beim Sprechen streckte sie ihm ihr vor Erregung leuchtendes Gesicht entgegen, ihr flammender Mund war vorgeschoben. Ihre Lippen schienen ihm entgegenzueilen. Diese Augen! – Eine fieberartige Aufregung durchströmte ihn von innen. Mit ihr spannte sich eine Erwartung, die ein Glücksgefühl verhieß, das ihn zittern ließ. Er dachte: Diese vollen Lippen werde ich nachher im Dunkeln küssen. Ein wenig Geduld würde er noch haben, seine Begierde noch ein wenig bezähmen müssen. Sicher dachte er: Noch heute abend werde ich das dürfen. Noch heute abend! Er brauchte nur noch zuzulangen und die reife Frucht zu pflücken, die sich ihm darbot. Sie spielte nicht mit ihm. Sie mochte ihn. Er spürte das von Sekunde zu Sekunde mehr. Sie ist von mir überzeugt, dachte er immer wieder. Er würde sich kaum noch Mühe zu geben brauchen. Es war doch klar, daß sie ihn liebte. Er sah es so deutlich. Dafür hatte er einen Blick. Sagten ihre Augen nicht ständig: Du gefällst mir, du gefällst mir sogar sehr. Die Augen. Er erinnerte sich nicht, jemals solche Augen gesehen zu haben: dieses zarte Grün, von dem ein Glanz auf ihn ausstrahlte. Ich werde sie mit Küssen bedecken. Diese süße Zunge, die sie jedesmal zwischen die Zähne schob, wenn sie über etwas nachzudenken schien.

Er litt in der Erwartung auf den sinnlichen Genuß, der zwar, wie er sicher war, später auf ihn wartete, der ihm aber im Augenblick noch eine Beherrschung seines Verlangens abnötigte. Diese Haare, dachte er wieder. Wenn er sie doch erst streicheln dürfte. Vielleicht mehr dürfte ...? Was würde sie ihm erlauben? Ich werde behutsam sein, sagte er zu sich, sie nicht erschrecken, nichts voreilig verderben. Wie mochten sich ihre Knie, ihre Schenkel anfühlen? Sicher warm und fest, und doch weich. Ihre Lippen schienen immer näherzukommen. Schrien sie nicht geradezu: Ich möchte, daß du mich küßt.

8

Ein Gespräch, irgendwo, vielleicht ein Jahr nach ihrer ersten Begegnung oder noch später.

Nach dieser Enttäuschung mit einer Freundin wolle sie sich, wie sie sagte, anderen gegenüber nie mehr offenbaren, weil sie in Zukunft die Schadenfreude argwöhnen müsse, die sich bei den meisten Menschen hinter der Maske geheuchelten Bedauerns verberge.

Er war anderer Ansicht. »Wir dürfen niemals von der Illusion Abschied nehmen, daß andere mit uns fühlen.« Dieser Glaube mildere die Einsamkeit des Menschen. Die Wahrheit sei eine Fratze, die sich hinter einer liebenswürdigen Larve verberge. Sie solle deshalb versuchen, an die Maske der Anteilnahme, die Menschen gewöhnlich aufzusetzen pflegten, zu glauben.

Sie dachte nach. Nein, das gehe ihr doch zu weit. Sie wolle sich zu diesem Pessimismus nicht bekennen. Sie würde nur weniger naiv sein wollen, sich den Menschen genau ansehen und sich immer die Frage stellen, ob sie ihm vertrauen dürfe. Sie habe aus dem Affekt zwar gesagt: »Nie mehr«, aber sie meine im Grunde nur: »Nicht sofort.« Er nehme gleich alles grundsätzlich, denke rigoros, vielleicht sogar zynisch. Wenn man so denke wie er, dann würde man zum Menschenfeind. Das wolle sie auf keinen Fall werden. Menschenfeindschaft schade nur der Person selbst, die sie praktiziere. Einsamkeit des Menschen sei für sie nichts Prinzipielles. Aber ein Menschenfeind müsse zunehmend vereinsamen, weil er gezwungen sei, sich zu verkriechen. Alle Menschen für Heuchler zu halten – das mache unglücklich. Den anderen Menschen sei es gleich, ob sie von einem einzelnen feindselig betrachtet würden. Den Schaden trage der einzelne selbst, wenn er sich den Menschen verweigere.

Er mußte viel an sie denken, auch wenn er nicht schrieb. Das überraschte ihn nicht. Das war ihr Wesen, das ihm, dem ewig Unruhigen, eine stille Geborgenheit geschenkt hatte. Er bewunderte ihre Unbestechlichkeit, wenn es um ihren wachen Sinn für Gerechtigkeit ging. Ihre liebenswerten Eigenschaften – gerade sie tauchten jetzt wieder auf, wenn er sich an sie erinnerte. Er sehnte sich in eine Zeit zurück, in der sie noch ohne die ermüdenden Spannungen der letzten beiden Jahre zusammengelebt hatten und er das stille Glück, die Tatsache, daß es sie einfach gab, für selbstverständlich genommen hatte.

Als sie sich länger kannten, nahm er sie schon fast mechanisch in die Arme. Es war ihm weniger um Zärtlichkeit zu tun. Er brauchte nicht so sehr ihre Zärtlichkeit als vielmehr ihre Anwesenheit. Daß sie einfach da war, mit ihrer Person, die er zu entdecken, zu lieben begann und die ihm das quälende Gefühl des Alleinseins nahm.

Warum mußte die Spannung verlorengehen, die noch die erste Zeit ihrer Freundschaft begleitet hatte? Er sah schon bald in ihr nicht mehr das sinnliche Wesen, das seine Neugier erregt hatte. Er erkannte den Menschen in ihr, je mehr die Erregung nachließ, die in der ersten wilden Zeit das physische Begehren zum Mittelpunkt ihres Zusammenlebens gemacht hatte.

Natürlich war er ein Egoist, aber doch nicht mehr als es alle anderen Menschen auch waren. Ein Dummkopf, der das nicht wußte und sich einbildete, er sei keiner.

Er war ein Egoist und es gefiel ihm, sich von ihr verwöhnen zu lassen, sich wärmen zu lassen von ihrer Zuneigung, ihrem Gefühl für ihn, dessen er sicher sein konnte. Zugegeben, es war herrlich bequem, nicht mehr werben, nicht mehr kämpfen zu müssen. Aber war es nicht auch eine Annehmlichkeit, auf die man ein Recht hatte? Sollte denn der Kampf zwischen den Geschlechtern weitergehen, immer weitergehen? Diese Unrast, dieses Jagen – alles Dinge, die den Menschen hindern, sich zu entfalten, zu sich selbst zu kommen, weil sie Energie verlangen.

9

Ein Brief Mariannes, den sie mir während ihres Urlaubs vom Atlantik schrieb, aber nicht abschickte. Erst nach der Trennung von
Robert händigte sie ihn mir aus.

Lieber Hans, vor einer halben Stunde habe ich die Jalousie hoch-
gezogen. Ein heller, sonniger Morgen flutet in unser Zimmer. Robert
macht einen Spaziergang und bringt Baguette mit zum Frühstück.
Wir sind spät aufgestanden, frühstücken heute später und lassen das
Dejeuner ausfallen. Robert weiß, daß ich Dir schreibe. Ich glaube, er
erwartet von Dir Hilfe. Robert und ich haben bis spät in die Nacht
diskutiert. Ich hoffe, daß ich innerlich ruhiger werde, wenn ich das
in einem Brief festhalte, was ich mit Robert erlebt habe.

Wie Du schon weißt, wohnen wir in einem sogenannten Studio,
einer Art Mietwohnung, die aus einem großen Zimmer, einer Küche
und einem Bad besteht und außerdem einen großen Balkon hat. Das
Studio ist eines von vielen, die in einem großen, blockartigen Haus
vermietet werden. Dieses Haus besteht aus mehreren Stockwerken,
die terrassenförmig zurückspringen. Drei Seiten dieses Gebäudes
umgibt ein schöner, mit vielen Bäumen bestandener Park, die vierte
grenzt an einen Kiefernwald, der bis zur Atlantikküste reicht. Wir
wohnen an dieser vierten Seite im oberen Stockwerk, blicken auf
die Wipfel der Bäume und hören bei Flut von fern das Tosen der
Brandung.

Alles wirkt hier wohltuend auf mich. Eine Ruhe geht aus von
unserer Wohnung. So habe ich mir das immer erträumt. Lieber
Hans, ich schreibe, was mir so einfällt. Entschuldige, wenn es etwas
ungeordnet daherkommt.

Wir haben schon eine herrliche Woche verlebt. Aber vorgestern
abend zogen wieder die dunklen Schatten auf, die ich schon vom
letzten Jahr kenne und von denen ich Dir erzählt habe. Diese Schat-

ten haben mit unserer Gegend nichts zu tun. Sie steigen aus Roberts tiefsten Seelengründen auf. Wir haben bis lange nach Mitternacht geredet. Es klingt absurd, aber er will schon wieder abreisen, bevor unser Urlaub zu Ende geht. Wenn es nicht so ernst von ihm gemeint wäre und deshalb so traurig, dann könnte ich seinem Anfall noch eine komische Seite abgewinnen. Aber ich müßte eher unglücklich sein. Ich habe gemischte Gefühle. Einerseits fühle ich, daß ich sein Anliegen ernst nehmen muß, daß seine Vorstellungen nicht einer Launenhaftigkeit entspringen. Er leidet wirklich, das spüre ich deutlich. Andererseits ärgert mich die Absurdität seiner Forderung. Die Vernunft verbietet mir, ihm nachzugeben.

Vor der Reise haben wir noch über seinen ›Anfall‹ vom letzten Jahr gesprochen. Wir haben gelacht, und Robert verstand sich selbst nicht. Er meinte, derartiges würde ihm nicht wieder passieren. In diesem Urlaub würde alles anders. Es war leider eine Illusion. Vorgestern war ein schöner Abend wie jeder andere vorher. Das rote Abendlicht lag auf dem gegenüberliegenden Kiefernwald, das ferne Toben des Atlantiks drang dumpf in unser Zimmer. Aus einer Nachbarwohnung klang für kurze Zeit das Geschrei der Kinder gedämpft herüber. Ich freute mich, daß die jungen Leute unter uns, die durch ihre Rücksichtslosigkeit aufgefallen waren, abgereist waren. Ich habe Dir von ihnen, glaube ich, am Telefon erzählt. Ich habe noch den beizenden Geruch von gegrilltem Fisch in der Nase. Jeden Abend stieg er zu uns herauf. Zweimal haben wir sie auffordern müssen, die Musik leiser zu stellen.

An diesem Abend waren nur Fetzen von Musik zu hören, die aus irgendeinem Zimmer einer weiter entfernt liegenden Wohnung herüberwehten.

Es hätte so schön sein können, wenn nicht Robert nach dem Abendessen unbeweglich und mit versteinerter Miene dagesessen hätte. Er hatte wieder diese schrecklich traurigen Augen, die mir im vergangenen Jahr aufgefallen waren. »Was hast du«, fragte ich. Langsam und mit Mühe antwortete er: »Es geht mir schlecht.« Hans, ich will Dir von meinem Kummer berichten. Was ich schreibe, ist fragmentarischer Art. Ich habe noch nicht die Kraft gefunden, meine Gedanken und Gefühle zu ordnen. Du ahnst, was ich meine. Du kennst diese düstere Miene, die sein Gesicht überziehen kann. Er murmelte: »Ich möchte weg von hier.« Ich hatte das Verlangen, mich auf mein Bett zu werfen und zu heulen. Später tat ich es dann. Ich glaube, nicht so sehr aus Kummer als aus nervlicher Schwäche. Ich hatte gehofft, sein Trübsinn würde ihn in diesem Sommer nicht heimsuchen.

Er will sich auch nicht helfen lassen. Darüber bin ich wütend. Er verachtet die Psychiater. Ich soll an Claudia denken. Du erinnerst Dich, Hans? Wenn ich nicht irre, hast Du meine Freundin einmal bei uns kennengelernt.

Nach einer schweren Nervenkrise hatte Claudia sich auf Zureden ihrer Angehörigen entschlossen, eine psychiatrische Klinik aufzusuchen. Sie war eine Zeitlang in Behandlung gewesen, war von ihrem Arzt dann für geheilt befunden und nach Hause geschickt worden. Dort nahm sie sich kurz darauf in ihrer Wohnung das Leben. Aber ich meine, daß man das Versagen eines einzelnen Therapeuten – wenn es denn überhaupt ein Versagen war – nicht verallgemeinern darf.

Bei Claudia kamen so viele unglückliche Umstände zusammen. Sie schloß sich nach ihrer Scheidung fest in ihrer Wohnung ein, nahm nach acht Uhr abends kein Telefon mehr ab. Dann die vielen Mißerfolge im Beruf in der letzten Zeit. Sie trank sehr viel. Dann erfuhr sie, daß sie Krebs hatte. Das war zuviel. Keiner konnte ihr helfen, keiner ahnte, was sie vorhatte. Ich will mich daran nicht erinnern.

Manchmal gelingt es mir, den Nebel zu verscheuchen, der sich auf seine Seele gesenkt hat. Gott, klingt das poetisch. Ich lasse das Bild stehen, auch wenn es ein Klischee ist. Aber es gibt seine

Stimmungslage ganz gut wieder. Dann können wir beide sogar über seinen Zustand lachen. Es klingt ein wenig bitter, sein Lachen. Aber es schwingt doch ein Gefühl von Befreitsein mit. Der Gedanke, am nächsten Tag die Koffer zu packen, ist völlig verflogen, so daß er über sich fast den Kopf schütteln kann. Aber es ist nur ein kurzes Aufatmen und er weiß es. Er sagt, er sehe sich wie ein unglücklich liebender Clown, der grinst, obwohl er weiß, daß sein Liebeskummer jeden Augenblick wieder zurückkehren kann. Ich freue mich, wenn ich sehe, daß seine düstere Miene sich wieder eine Weile glättet. »Ich bin so froh, daß ich das überstanden habe«, sagt er. An diesem Abend leerte er ein Glas Wein nach dem anderen. Er hatte mir vor dem Urlaub versprochen, im Weintrinken mäßig zu sein – zumindest während der Urlaubszeit, wenn er weit entfernt von der Schule ist und nicht an sie zu denken braucht. Aber er hält sich nicht an sein Versprechen und entschuldigt sich mit seiner Labilität, die ihm angeboren sei. Eine schöne Ausrede.

Gestern hatte er sich im Laufe des Tages beruhigt. Mit keinem Wort erwähnte er seine depressive Phase vom Vorabend.

Am späten Nachmittag traf es ihn dann noch einmal mit ungeahnter Härte. Als ich aus dem Bad kam, sah ich ihn düster und in sich versunken auf dem Balkon stehen. Ich ging schnell zu ihm, und er ergriff ganz fest meinen Arm, wie um sich an etwas festzuhalten. Ein Zittern ging durch seinen ganzen Körper. Er schien völlig hilflos, begehrte nicht mehr auf, ließ sich fallen, ertrug still. Völlig unbeweglich saß er in seinem Sessel und ich hielt seine Hand.

Als der Abend näher kam, ging es ihm etwas besser. Lieber Hans, Du weißt, ich schreibe hin und wieder ein wenig Tagebuch. Ich habe das seit meiner Kindheit getan. Ein Problem sehe ich deutlicher, wenn ich es aufschreibe. Diese Neigung teile ich mit Robert. Aber ich kann mich mit ihm natürlich nicht messen. Er hat schon so viele Notizbücher mit seinen Gedanken gefüllt. Aber gestern hatte ich das Bedürfnis, das Gespräch mit Robert aufzuzeichnen. Einige Stellen daraus übernehme ich. Vielleicht kannst Du Dir dann ein besseres Bild von unserer Situation machen.

Ich versuchte auf ihn einzureden, ich sprach ganz leise, flüsternd zuerst: »Geh zum Arzt, bitte, tu mir den Gefallen, sobald wir wieder zu Hause sind.« Er schwieg. Schließlich wiederholte er mit monotoner Stimme: »... zum Arzt.« Es entstand eine Pause, in der er vor sich hin brütete, und dann in verächtlichem Ton: »Zum Arzt! Wie kalt, wie lieblos! Willst du das wirklich?« Wenn er einen seiner depressiven Anfälle hatte, tat er mir immer leid, er schien in diesem Augenblick aber gefestigter, das Schlimmste war überstanden. Deswegen wollte und konnte ich etwas energischer, strenger mit ihm sprechen: »Ja, ich möchte es«, sagte ich mit fester Stimme. »Du läufst so bedrückt und problembeladen umher. Hier im Urlaub stellt sich alles konzentriert dar. Deine Krankheit, die dich hier überfällt, lauert schon das ganze Jahr auf dich. Wir können sie zu Hause nur besser betäuben und so verhindern, daß sie virulent wird. Und wir hatten doch gedacht, sie würde dich nicht wieder überraschen, so wie du im letzten Jahr von ihr unvorbereitet überrascht worden bist. Du warst doch sicher, alles sei endgültig vorbei und du würdest dich hier wohl fühlen, deinen Urlaub genießen können. Und nun seit gestern dieser Rückfall. Wenn ich dir den Rat gebe, will ich dir doch nur helfen. Ich mache es mir nicht bequem. Ich sehe nur, wie schrecklich du leiden mußt, wenn auch immer nur eine Zeitlang. Das tut mir so leid. Ich leide doch mit dir. Aber ich weiß keinen Rat.«

Ich hatte versöhnlich und beruhigend auf ihn einreden wollen. Aber dann waren mir die Worte doch schneller und hektischer als ich wollte gekommen. Er hatte, während ich sprach, ein ausdrucksloses Gesicht und sah stumm vor sich hin. Doch dann wandte er mir plötzlich sein Gesicht zu, sah mich eindringlich an, sagte ruhig: »Soll ich irgendeinen Psychiater...? Ein Mann, der sich zwar Fachwissen angeeignet hat, aber seinen persönlichen Zirkel nicht verlassen kann, der durch seinen Verständnishorizont begrenzt ist – der soll mir helfen können?« Ich antwortete nicht gleich. Er schüttelte den Kopf und fuhr fort: »Die Gefahr, aus Frust gleich wieder davonzulaufen, ist groß.« »Du hast eben kein Vertrauen, kein Vertrauen zu einem anderen«, warf ich ein. »Zu keinem«, wiederholte ich und betonte das letzte Wort. »Wie sollte es denn ein Spezialist schaffen, dein Vertrauen zu gewinnen?« »Du hast Unrecht. Zu dir und Hans habe ich Vertrauen, und das hat Gründe. Von dir weiß ich, daß du zu mir hältst. Und Hans ist mir in einer Weise überlegen, die keinen Neid gegen mich aufkommen lassen kann. Er wollte immer vorwärtskommen, ich nie. Er war immer, wie man so sagt, auf der Überholspur. Ich bin der Schwächere von uns beiden, oder wenn du so willst: der Kompliziertere, und also auch, was die praktischen Lebenszwecke angeht, der Benachteiligte. Aber so fühle ich mich auch wieder nicht.«

»Manchmal habe ich den Eindruck, daß du dich nur wohl fühlst, wenn du dich nicht wohl fühlst.« »Was willst du damit sagen?« Er sah mich verblüfft an. »Na, wenn ich deine Worte, die du eben gesagt hast, überlege, dann scheinst du ganz gut mit dem Bewußtsein zu leben, dich für einen Versager zu halten.« Sein Gesicht bekam einen erschrockenen Ausdruck. Ich schien mit dem Wort ›Versager‹ in eine Wunde gestochen zu haben. »Nein«, sagte ich schnell und änderte meinen Ton, indem ich ihm das Provozierende nahm. »Ich nehme das Wort zurück. Es ist viel zu hart. Ich will dich doch nicht kränken. Aber Mitleid mit dir selbst hast du doch hin und wieder.«

Immer wenn ich das Thema ›Selbstmitleid‹ ansprach – und ich hatte es schon öfter getan – war er zwar ernüchtert, vielleicht auch nur verblüfft, aber ich kam nicht weiter.

Er reagierte gereizt. »Du sagst mir nichts Neues. Ich weiß doch selbst, daß ich zum Selbstmitleid neige. Aber diese Erkenntnis hilft mir nicht weiter.«

Ich konnte ihn mit Bemerkungen dieser Art also nie herausfordern, überraschen. Wir schwiegen eine Weile. Dann sagte er: »Du bist die einzige Frau, bei der ich mich so geben kann wie ich bin oder wenigstens zu sein glaube.«

Ich merkte, wie er zitterte, ich glaube aus Angst. Am meisten tat er mir leid, wenn ich diese Angst bei ihm spürte. Er hatte heimliche Angst vor dem Alleinsein. Das kam häufiger vor. In solchen Augenblicken überkam mich am stärksten ein Gefühl von Zärtlichkeit. Ich war glücklich, als er plötzlich nahe an mich heranrückte, so, wie er es schon in seinen depressiven Phasen häufig getan hatte. Er ergriff meine beiden Hände so heftig, so hilfesuchend, drückte sie so fest, daß ich mich mit meinem Körper unwillkürlich an ihn drängte.

»Andere Frauen und Mädchen haben mich in meinem Leben immer verlassen, wenn sie merkten, daß ich schwierig bin, daß ich ...« Er wollte noch etwas sagen, aber mir gefiel nicht, daß er in diesem Augenblick Frauen aus seiner früheren Zeit erwähnte. Er wollte etwas Nettes sagen, das wußte ich ja. Ich zog meine Hände aus den seinen und legte meine Arme um seinen Hals. Dann drückte ich seinen Kopf so fest an meinen Körper, daß er fast keine Luft bekam. Er lachte etwas verlegen und versuchte, den Kopf etwas frei zu bekommen. Ich küßte ihn auf das eine Ohr und flüsterte: »Ich verlaß dich nicht, das weißt du doch.« »Auch wenn ich noch so ekelhaft bin?« fragte er mit gespielt sorgenvollem Ton. »Du bist nicht ekelhaft«, beruhigte ich ihn. »Du bist nur kompliziert und stehst dir immer selbst im Wege.«

Er sagte nichts, kuschelte sich nur fester an mich und versuchte mein Gesicht zu streicheln. »Und wenn du nicht ein so schrecklich starrsinniger Kerl wärst, dann könnten wir beide noch froher werden.« Ich hatte das Gefühl, ein Kind im Arm zu haben. »Bitte fang nicht schon wieder an«, flehte er. Er machte sich aus meinen Armen frei. Er küßte mich und sagte: »Du mußt mich so nehmen wie ich bin. Ich habe dir doch meine Argumente genannt.« Er umklammerte noch meine Hände, als er jetzt wieder neben mir saß.

Eine Pause entstand. Aber ich hatte das Gefühl, noch mit ihm über etwas Wichtiges sprechen zu müssen.

Vorsichtig begann ich: »Du leidest unter mangelnder Anerkennung in der Schule, nicht wahr?« Robert sah mich erschrocken an. »Du beneidest vielleicht heimlich andere um das angenehme Gefühl, eine, wie sie von sich glauben, wichtige Person zu sein. Und nun ...« »Ich beneide keinen, keinen Menschen«, fiel er mir hastig ins Wort. »Ich bin völlig unbegabt, Neid zu empfinden.« »Ja, das habe ich eigentlich auch immer geglaubt.« »Ich beneide keinen um sein Weiterkommen, nicht einen einzigen«, sagte er und betonte jedes Wort. »Ich wollte dir eigentlich nur sagen: Für mich bist du eine wichtige Person.« Es mußte ehrlich klingen, ohne einen Hauch von Ironie. »Das ist lieb von dir, daß du das noch einmal sagst. Du weißt auch, daß ich das brauche.«

»Du bist eigentlich eine gute Psychologin, mit deinem Einfühlungsvermögen. Dann ist es doch unnötig, daß du mich drängst, mich mit meinen Problemen noch in die Hände eines anderen zu begeben.« »Das ist ein ganz anderes Gebiet, und das weißt du auch. Ich habe keine Fachkenntnisse.«

Er antwortete nicht darauf, wechselte das Thema. »Ich habe dir schon vor einiger Zeit einmal gesagt, daß mich oft der Gedanke quält, noch nichts Richtiges in meinem Leben geleistet zu haben. Sprich jetzt nicht von der Schule. Ich meine mich jetzt nicht als Lehrer. Auf dem Sektor tue ich meine Pflicht. Manchmal mehr, gebe mir Mühe und halte mich für einen ganz brauchbaren Mann.« »Hat nicht dein Schulleiter gesagt, daß du ein guter Lehrer bist?« »Dieser Schulleiter nicht, aber sein Vorgänger. Das liegt schon etwas zurück.« »Ich habe dich unterbrochen. Was wolltest du sagen?« »Dieses Gefühl, noch nichts geleistet zu haben. Etwas, das über die Faust-Lektüre mit Schülern und über das ewige Korrigieren, das Einreichen von Abiturthemen hinausgeht – das bedrückt mich. Ich spüre auch keinen gewöhnlichen Ehrgeiz. Es geht mir nie um

Posten, Titel oder andere Formen der Anerkennung. An die denke ich nicht, wenigstens nicht bewußt.« »Aber jeder möchte doch auch einmal gelobt werden.« »Ja, und ich wahrscheinlich auch. Ich würde mich über jedes Lob freuen, aus berufenem Munde versteht sich. Aber das ist es nicht, was ich meine. Ich möchte nur mich selbst anerkennen können, und das kann ich noch nicht. Ich möchte das, was mich quält, was mir das Leben manchmal beschwerlich macht, zum Ausdruck bringen können.« »Du möchtest schreiben.« »Ja. In gewisser Weise tue ich das schon, indem ich meine Zettelkästen fülle, Notizbücher vollschreibe. Aber das sind Vorarbeiten. Ich möchte alles, was ich erlebe, was ich auch erleide, in verwandelter Gestalt niederschreiben, in einer epischen Form gestalten.«

Er war aufgestanden und ging, wie es seine Art war, mit vornübergebeugtem Kopf durchs Zimmer. »Und die Schule stört dich bei deinen Plänen«, versuchte ich seine Ausführungen zu ergänzen.« »Richtig. Einerseits habe ich noch Freude an meinem Beruf, häufig wenigstens. Andererseits stiehlt mir diese Tätigkeit die Zeit, die ich zum Schreiben bräuchte. Marianne, ich habe das Gefühl – und es ist ein wirklich bedrückendes Gefühl –, daß mir die Zeit davonläuft.«

Trotz seiner Ausflüchte weiß ich, wie sehr er darunter leidet, daß er keine Resonanz in der Schule findet. Aber er hat eigentlich keinen Grund, sich zu beklagen. Es gibt viele Schüler, die ihn mögen und in seine Kurse kommen. Sie haben selbst Probleme und finden sie in den literarischen Themen wieder, die er mit ihnen im Unterricht behandelt. Bei Schülern, wenigstens bei einem geistig aufgeschlossenen Teil, findet er Resonanz. Sie spüren sein Engagement, das sich in der leidenschaftlichen Intensität äußert, mit der er mit ihnen philosophische Fragen erörtert, sie ihnen nahezubringen versucht. Oft habe ich zu ihm gesagt, er solle sich darüber freuen, daß es diese Schüler gibt. Es seien zwar wenige, er könne nicht erwarten, alle zu erreichen. »Die Ungeistigen sind überall in der Mehrheit.« Er will das nicht einsehen, innerlich wenigstens nicht. Typisch für Robert. Anstatt sich über diese Schüler zu freuen, ärgert er sich mehr über die große Zahl der Interesselosen, die keine geistigen Fragen berührt und ihm auch noch zu verstehen geben, wie sehr sie seine Themen langweilen. Aber sie müssen einen Kurs wählen und die Zeit bis zum Abitur absitzen. Vor allem leidet er unter dem Klima seiner Schule und unter den niveaulosen Kollegen, die dieses ungeistige Klima mitbestimmen. Sie seien mit schuld an der Atmosphäre, die in seiner Schule herrsche. Und da brauchte man sich nicht zu wundern, wenn die Schüler nicht gefördert würden.

Hans, meine Gedanken schweifen ab. Aber Du weißt, wie sehr ich an Robert hänge, und ich erinnere mich an all die Stunden, in denen er rauschhaft und ausgelassen sein kann. Dann findet er sich selbst komisch und sieht seine Probleme wie in einem Zerrspiegel – sie erscheinen ihm bis zur Unkenntlichkeit lächerlich. In solchen Augenblicken kann ich ihm alles sagen, alles an den Kopf werfen und es stört ihn überhaupt nicht. Aber alles, was ich dann sage, enthält ein Körnchen Wahrheit. Ich nenne ihn zum Beispiel eine unausstehliche Mimose, verspotte seine sentimentalen Neigungen. Ist das nicht merkwürdig? Alles prallt von ihm ab, als habe er sich einen Panzer zugelegt. Und Dir brauche ich es nicht zu sagen, wie schnell sich das ändern kann, wie die Zeit wiederkommt, in der man jedes Wort auf die Goldwaage legen muß, um nicht Gefahr zu laufen, mit einem einzigen leichtfertig hingeworfenen Wort sein empfindsames Gemüt zu kränken.

Aber es ist doch klar, daß ich die ›Panzerzeit‹ ausnutze. Das tue ich schon mir zuliebe, weil sich in mir während seiner depressiven Phasen, von denen er übrigens glaubt, sie nie loswerden zu können, viel aufgestaut hat. In den ›Panzerzeiten‹ darf ich dann bei meinem König den Hofnarren spielen: »Du bist oft von Mitleid mit dir selber überwältigt.« Er lacht und stimmt mir auch noch zu. »Nicht oft, aber manchmal vielleicht«, verbessert er mich. Wenn wir uns in einer besonders ausgelassenen Stimmung befinden, dann rücke ich ganz nahe an ihn heran und spiele die Aggressive.

Ich bearbeite ihn mit den Fäusten. Das heißt, ich trommle auf ihm zärtlich herum und zische die Worte nur so heraus: »Du glaubst, du seist zu etwas Besserem geboren. Wenn du dich da mal nicht irrst. Du glaubst, dich von den anderen Menschen isolieren zu können ...« »Zu müssen«, lacht er. »Arrogant ist er auch noch!« zische ich mit gespielter Wut. Mit der Wahl der dritten Person wollte ich dem Frechen, das jetzt kommen sollte, ein wenig die Spitze nehmen. »Und warum macht er das, mein Herr und Gebieter?« »Warum?« Er sah mir lächelnd in die Augen. Ich gab selber die Antwort: »Aus Hochmut. Weil der Herr sich doch für etwas Besseres hält.« Er machte ein ungläubiges Gesicht. »Er isoliert sich, um sich das Gefühl zu geben, er könne auf die Anerkennung der anderen verzichten.« Er wurde ernster. »Daran kann etwas sein«, gab er mir recht. Nach einem derartigen Gespräch begehrte er mich besonders leidenschaftlich. Das wußte ich aus Erfahrung und nutzte es instinktiv aus.

10

Er verließ das Abteil, stand auf dem Gang am Fenster. Die angenehmen Landschaftsbilder waren verflogen. Industrieanlagen breiteten sich vor seinen Augen aus. Ein Mann, der neben ihm stand, wollte über Kaliabbau sprechen. Robert ging zurück zu seinem Platz. Er sah wieder Marianne vor sich. Sie trug ihr Haar zu einem Pferdeschwanz aufgesteckt. Das war die Frisur, mit der er sie zuerst gesehen hatte. Erst später ließ sie es offen über die Schultern fallen. Er hatte längst kapituliert vor den Erinnerungen, die auf ihn einstürzten. Er konnte ihrer Macht nichts entgegensetzen.

11

Der folgende Brief wurde ein Jahr nach dem ersten geschrieben. Er entstand nach der Rückkehr vom Urlaub. Auch diese Aufzeichnungen meiner Schwester konnte ich erst später einsehen.

Ich kann mit Robert keinen Urlaub mehr zusammen verbringen. Ich will es nicht mehr. Wir freuen uns auf eine dänische Insel, buchen für zwei Wochen. Nach einer Woche möchte er wieder weg. Warum? Ich verstehe ihn nicht. Er spricht von einer inneren Unruhe, derer er nicht Herr werden kann. Nachbarn, die abreisen müssen, würden sich freuen, wenn sie noch eine Woche bleiben dürften. Er spricht von einer Art Streß, der ihn von innen auszehren würde. Eine unerklärliche Angst treibt ihn wieder zurück an einen Punkt, von dem er glaubt, daß dieser ihm Geborgenheit und Ruhe schenken könne. Aber dieser Punkt ist der Ausgangspunkt, von dem er Wochen zuvor so gerne fliehen wollte. Manchmal habe ich das Gefühl, er sehnt schon am Tage nach der Ankunft den Tag herbei, an dem er wieder zurückreisen kann. Er sagt es nur nicht, weil er mich, wie ich glaube, schonen möchte. Vielleicht schweigt er auch nur, um mich nicht zu verlieren. Und so stellt sich fast in jedem Urlaub die paradoxe Situation ein, daß Robert, wenn die letzte Woche unseres Urlaubs angebrochen ist, in eine euphorische Stimmung gerät. »Ich werde in einigen Tagen aus einer selbstgewählten Gefangenschaft entlassen«, sagt er. Ja, so hat er sich wörtlich geäußert, und es ist in jedem Jahr dasselbe. Hans, so war es am Atlantik und so war es in Italien. Er sagt diese Worte mit gemischten Gefühlen. Einerseits will er mich nicht kränken. Er weiß, wie sehr ich mich jedes Jahr auf den Urlaub freue und wie sehr ich ihn auch brauche. Andererseits spüre ich, wie wohl es ihm tut, darüber sprechen zu können. Wir haben vereinbart, daß er mit mir über seine merkwürdigen Anwandlungen sprechen soll. Früher merkte ich an einer gewissen inneren Unruhe, die ihn befiel, vor allem aber an seinem mißmutigen Gesichtsausdruck, daß er sich in einer depressiven Phase befand.

Ich kann ihm nicht helfen. Er tut mir leid. Einmal habe ich versucht, das komisch zu finden, aber ich spürte, wie künstlich das war. Und wenn ich aufrichtig bin, dann bin ich seit den letzten Urlauben eher ein wenig verbittert. Ich meine, das Recht zu haben, auch ein wenig an mich zu denken. Ich will Dir auch nicht verschweigen, daß Robert, wenn er nicht gerade unterwegs sein darf, also an einen Ort ›gekettet‹ ist, wie er sich auszudrücken beliebt, oft maßlos Wein in sich hineingießt. Vor unserer Abfahrt von zu Hause wird der Wagen mit den vielen Flaschen beladen, die er sich irgendwo aus Franken kommen läßt. Es ist dieser trockene Weiße, über den er genau Auskunft geben, ja fast einen Vortrag halten kann. Ich interessiere mich nicht so sehr dafür, was Herkunft, Lage und Rebsorte angeht. Aber Du weißt, wie oft er unseren Gästen schon zu später Stunde in etwas angeheitertem Zustand einen Vortrag gehalten hat, obwohl ich ihm schon gesagt habe, wie wenig dieses Thema meine Freundinnen interessieren würde. Anja trinkt nur einen trockenen Italiener und sie lächelt spöttisch, wenn Robert ausführlich die Vorzüge seiner Vorliebe preist.

Trinke maßvoll, habe ich zu ihm gesagt. Er versprach es, ohne sich daran zu halten. Wenn ich ihn an sein Versprechen erinnerte, dann entschuldigte er sich mit den Worten: »Aber ich bin doch im Urlaub. Welch ein Streß, wenn ich auch hier noch Disziplin üben soll.«

Das klingt natürlich zynisch, weil ich doch weiß, wie gern er am liebsten wieder abreisen möchte. Wie oft habe ich ihm gesagt, daß er im Urlaub auch seine Leber und seine Nerven schonen sollte. Ich weiß, daß der Wein, wenn Robert ihn so maßlos trinkt, wie ein Nervengift wirkt, das ihn schutzlos macht. Aber was sage ich! Er weiß das selbst und sagte neulich in seiner Art, sich metaphorisch auszudrücken: »Der Wein leckt meine Nerven blank, legt sie so hilflos bloß, daß sie der bösen Welt nicht mehr zu trotzen vermögen.«

Er lachte und fand das komisch-pathetisch. Aber es ist die Wahrheit. Seine Maßlosigkeit steigert seine Nervenschwäche und damit seine Lebensangst. Mit der ›bösen Welt‹ meint er konkret die Schule, die ihm seit Jahren so zuwider ist.

Mir ist natürlich klar, daß sein Verhalten Ausdruck einer Krankheit ist, die sicher schon längst hätte behandelt werden müssen. Aber er weigert sich nach wie vor hartnäckig, einen Therapeuten aufzusuchen. Ich kann nur immer die Symptome wahrnehmen, mit ihm besprechen, aber nicht Ursachenforschung betreiben. Er hält seine Rastlosigkeit für ein Erbe, das man austragen müsse.

In diesem Sommer war es besonders schlimm. Unser Urlaub auf Bornholm hatte etwas Bedrückendes, um nicht zu sagen Quälendes. Es ist das erste Mal, daß ich wirklich an eine Trennung dachte. Habe ich nicht das Recht wie jeder andere Mensch, ein wenig egoistisch zu denken? Seine Lebensart habe ich in den letzten Jahren still und auf meine sanftmütige Weise ertragen. Ich habe zu viele schöne Stunden mit Robert erlebt, um nicht zu wissen, wie harmonisch und konfliktfrei wir miteinander leben können.

Als wir uns nach unserer Ankunft auf Bornholm am nächsten Tag auf der Insel umsahen, waren wir von ihrer Schönheit begeistert. Die Weite und Stille, mit der uns die Natur hier umfing, veranlaßte uns zum Schwärmen. Robert sprach von einem Glücksgefühl, das ihn erfüllte. Er konnte sich vorstellen, hierfür lange Zeit – und das heißt für ihn drei Wochen – zu bleiben. Bei unseren Wanderungen an den einsamen und verschwiegensten Stellen der Insel meinte er, ein lange gesuchtes Ziel erreicht zu haben. Ich sah ihn seit langem nicht so froh, und wir dachten daran, jedes Jahr wieder unseren Urlaub auf dieser Insel zu verbringen. »Endlich haben wir unser Domizil gefunden«, sagte er mehr als einmal. Jeden Tag unternahmen wir Touren und entdeckten für uns diese einmalige Landschaft. Im Rückblick waren es die schönsten Stunden, die ich seit langem mit ihm verbracht habe.

Wie ein Anfall überkam ihn nach einer Woche die Rastlosigkeit.

Ich merkte, wie er wieder von einer plötzlichen Unruhe befallen wurde, die ich in diesem Ausmaß während der letzten Jahre nie bei ihm wahrgenommen hatte. Es war schrecklich. Ich hatte mich wie selten gefreut, glaubte schon, seine Anfälle würden nicht wiederkehren und war glücklich, noch ganze zwei Wochen mit ihm harmonisch verbringen zu können. Ich habe den Eindruck: seine Unruhe ist ziellos. Ich wurde um so trauriger, als ich fest überzeugt war, daß diese Insel ihn heilen könnte oder vielmehr schon geheilt hatte.

12

Immer wechselten die Szenen in seinem Gedächtnis. Wehmütig erinnerte er sich an ihre Gewohnheit, Namen, die ihr gefielen, auf ihn zu übertragen. Jetzt fuhren sie durch Schweden, durch Södermannland. Sie fand den Namen lustig. Etwas später nannte sie ihn Södermann. Du, Södermann, sagte sie, wir müssen mal eine Pause machen.

Er sah hinaus in die Landschaft, die jetzt wieder von Weinbergen bestimmt wurde. Unten am Fuße des Bahndamms floß der Neckar.

War man nicht dem Sterben ein gewaltiges Stück nähergerückt, wenn eine Liebe nach langer Zeit zerbrach? Eine Liebe, die doch auch in ein dauerndes Glück hätte münden können? Erschien die Zeit bis zum Sterben nicht plötzlich viel kürzer? Und wieder hämmerte es in seinem Kopf: es war seine Schuld gewesen, wenn die Freundschaft mit Marianne zerbrochen war. Wenn er spürte, geliebt zu werden, trieb ihn dann nicht der Teufel dazu, diejenige, von der er geliebt wurde, zu verletzen?

War er ein Scheusal? Eine Macht, die in ihm lauerte und die er sich nicht zu erklären vermochte, trieb ihn dazu, die Gefühle, die ihm entgegengebracht wurden, zu zerstören. Er lehnte sich erschöpft zurück, legte den Kopf zur Seite und brütete vor sich hin. Warum nur? Es gab nur immer die eine einzige Antwort: um sich selbst einen Schaden zuzufügen. Ja, das war der dunkle, unverständliche Grund. Mußte man ihn nicht für verrückt halten? Es war ihm eine Lust, die Gefühle der anderen Person, von der er sich geliebt glaubte, zu zerstören, um sich selbst wehzutun! So war es oft gewesen. Zumindest war die Versuchung dazu immer groß gewesen. Einige Male hatte er ihr widerstanden.

Er seufzte leise. War ihm nicht die ewige Verdammnis zu gönnen, die sie beide damals auf dem Tympanon am Bamberger Dom entdeckt hatten? Dieser unheimliche Trieb stand doch im Widerspruch zu seinem Wunsch, bei einer Frau Milde und Geborgenheit zu finden. Immer wieder bohrte die gleiche Erkenntnis in seinem Kopf: Hatte er nicht sich selbst verletzen wollen, indem er Marianne weh tat? Es war nicht zu verstehen. Und doch war es die Wahrheit.

13

Lieber Hans, Du mußt wissen: Wenn ich auch glaube, daß er während des ganzen Jahres von dieser Unrast gequält wird, so leidet doch unser Zusammensein nicht darunter. Erst in der Stille des Urlaubs, wenn wir, von unseren Alltagsaufgaben befreit, auf uns selbst zurückgeworfen werden, dann werden wir gemeinsam zum Opfer seines bösen Dämons. ›Böser Dämon‹ stammt übrigens auch von ihm. Er wählt diese Ausdrücke mit leicht spöttischem Unterton. »Solch ein Ausdruck ist viel zu hoch gegriffen«, sagt er oft. »Aber ich wähle ihn trotzdem, auch wenn ich ihn nicht passend finde. Schließlich will ich einen seelischen Defekt, der uns beide so stört, nicht zu einem Kult hochstilisieren.« Ich denke so: Wenn man unter einem ›bösen

Dämon‹ ein Wesen versteht, das ein harmonisches Verhältnis zerstören möchte, dann glaube ich, haben wir es mit einem solchen zu tun. Wenn wir mit dem Auto eine Herbstfahrt unternahmen, die uns in Deutschland von Ort zu Ort führte – wir schlenderten sozusagen mit dem Auto von einem Quartier zum anderen –, kehrten wir in einer Woche jeden Abend in einem anderen Gasthof ein. Dann ist das zwar anstrengend, zumal, wenn wir nach Roberts Vorschlägen unzählige Barockkirchen besuchen, aber sein rastloses Wesen kommt dabei voll auf seine Kosten. Niemals wirkt er zufriedener, als wenn wir abends beim Essen uns überlegen, wo wir am nächsten Abend bleiben. Niemals erscheint er mir froher, als wenn wir morgens nach dem Frühstück aufbrechen können. Etwas erschöpft, aber erfüllt von den neuen Eindrücken kehren wir dann nach Hause zurück.

Wie ich schon erwähnte, wurde er während dieses Urlaubs von einem Anfall überrascht, der alle anderen der letzten Jahre in den Schatten stellte. Da in meinem Beruf in den Wochen zuvor einiges zusammengekommen war, das von Ärger begleitet war, fürchtete ich in diesem Jahr nichts mehr als das Ende der Ferien. Ich wollte mir jeden Morgen, wenn ich erwachte, die Illusion bewahren, sie dauerten noch ewig. Mit einem Gemisch von Enttäuschung und Wut erkannte ich an der Schwere seiner Bewegungen und dem mir schon bekannten stumpfen Ausdruck seiner Augen, daß ein Stimmungsumschwung in ihm vorgegangen war. Er sprach weniger, schien wie gelähmt. Nach all dem, was in den ersten Tagen vorausgegangen war, konnte, besser: wollte ich nicht verstehen. Ich wollte mir nicht schon wieder die Mühe machen, die ich mir die letzten Jahre gemacht hatte: durch Anhören, Anteilnahme und lange Gespräche seinen Zustand zu mildern versuchen.

Ich muß aus Gründen der Gerechtigkeit sagen, daß Robert sich in all den vorangegangenen Urlaubszeiten nicht störrisch verhielt, sondern selbst enttäuscht und unglücklich über seinen Zustand war. Ich will nicht behaupten, daß er sich die größte Mühe gab, ihn zu überwinden. Aber er schien ihn jedesmal zu bedauern und wartete auf Hilfe meinerseits. In diesem Jahr wurde ich um so mehr von Enttäuschung erfaßt, als ich, wie ich schon sagte, am wenigsten darauf vorbereitet war. Ich war ratlos und außerstande, mit ihm immer wieder neu über seinen ›Dämon‹ zu reden.

Plötzlich hatte ich den Eindruck, irgend etwas in ihm wartete auf diesen Dämon, und dieses Etwas würde auch enttäuscht sein, wenn er ausgeblieben wäre. Aber dieser Eindruck kann von einer Enttäuschung herrühren. Ich weiß nicht, ob etwas in ihm den ›Dämon‹ bereits lieben gelernt hatte. In diesem Jahr war es ein besonders böser Dämon, der uns beiden die schönen Tage auf der Insel, auf die ich mich so lange gefreut hatte, nicht zu gönnen schien. Ich war, wie gesagt, ratlos und fühlte mich so ohnmächtig wie noch nie. Ich war ungerecht zu ihm, reagierte mißgelaunt, lieblos und schroff. Wir stritten uns oft. Er wollte daraufhin den Urlaub sofort abbrechen, die von uns gebuchten Wochen unter finanziellen Einbußen auf eine verkürzen. Zum Schein willigte ich ein. Er machte allein lange Spaziergänge, kehrte spät in unsere hübsche Wohnung, von der aus man die Ostsee sehen kann, zurück und schüttete Wein in sich hinein. Während seiner Abwesenheit weinte ich lange vor mich hin. Ich hatte plötzlich das Gefühl von versäumtem Leben. Dieses Gefühl kannte ich zwar schon, aber in dieser Heftigkeit bisher noch nie.

Vielleicht war es auch weibliche List, die mich bewog, Verständnis für seine Situation zu zeigen. Auf Milde von meiner Seite reagiert er seinerseits mit einer Geste der Hilflosigkeit.

»Du brauchst doch die Ruhe mehr als jeder andere«, sagte ich liebevoll und streichelte über seinen Kopf. Er war dankbar. Ich wußte, was jetzt kommen würde. Um dem Ritus, den wir beide schon kannten, zu entgehen, sagte ich: »Bitte entschuldige dich nicht schon wieder. Ich weiß, daß du auch an mich denkst. Eine Entschuldigung, so echt sie von dir gemeint sein mag, bringt uns nicht weiter.«

»Und was sollen wir tun?« fragte er leise. »Laß uns in Ruhe überlegen. Dieser Urlaub besteht nur aus zwei Wochen. Wenn ich dir verspreche, daß ich dich nie wieder – hier nicht und zu Hause nicht – mit dem Vorschlag nerve, endlich einen Arzt aufzusuchen, kannst du dann mir zuliebe noch einmal die Zähne zusammenbeißen und noch die eine letzte Woche hier durchstehen, auch wenn es für dich quälend ist?«

Es kostete mich keine Überwindung mehr, ihm das Versprechen zu geben, denn immer wenn ich ihm zu fachmännischer therapeutischer Hilfe riet, kam die stereotype gleiche Antwort: »Mir kann doch keiner helfen«, und: »Mir fehlt das Vertrauen, ich habe zu viel beobachtet. Ich muß mich selbst aus dem Sumpf ziehen.«

Er willigte ein, versuchte, in der letzten Woche tapfer zu sein und sich seinen Zustand nicht anmerken zu lassen. Aber ich kannte ihn zu gut, um nicht zu spüren, daß er das haßte, was ihn zuerst bei unserer Ankunft begeistert hatte: die Landschaft, die Stille, die alten Gards. Er fühlte sich wie ein Gefangener im Kerker, dem von Tag zu Tag die Fesseln enger gezogen werden.

Nach einigen Tagen der zweiten Woche waren seine depressiven Verstimmungen immerhin so weit zurückgegangen, das heißt, sie waren erträglicher geworden und er tat das, was er immer tat, wenn seine Seele, wie er sagte, ›voller Blei‹ war: er schrieb. Ich atmete auf. Er saß, wenn ich längst schlafen gegangen war, noch bis tief in die Nacht an dem kleinen Schreibtisch unseres einzigen Zimmers und vertraute seine Schmerzen einem kleinen Notizblock an, den er immer mit sich führt.

Robert stehen noch andere Möglichkeiten der Betäubung zur Verfügung, die ihm helfen, das Bewußtsein, an einen Ort gebunden zu sein, wenigstens für kurze Zeit zu löschen. So verschlingt er Bücher, die er sich in reichlicher Menge schon vorsorglich mitgebracht hatte, um die Zeit bis zur Abreise abzukürzen. Es klingt fast komisch und muß Nichtbeteiligten fast lächerlich erscheinen, wenn er wieder als einziger am Strand saß und Vokabeln lernte, wie ein fleißiger

Schüler, der sich auf ein Examen vorbereitet. Alle anderen lassen sich bräunen, nehmen an einem zwanglosen Spiel teil oder träumen wenigstens vor sich hin.

Hans, überleg einmal, er lernte Vokabeln am Badestrand, nur um zu lernen. Er saß fast angekleidet im Sand. Aber ich übertreibe. Er behielt sein Hemd und seine lange Hose an. Nicht etwa, daß Du denkst, er säße dort mit einer Krawatte; die trägt er ja nie. Ich glaube, Hemd und Hose sollten wie ein Protest wirken gegen die harmlosen Badefreuden der anderen, an denen ich natürlich auch teilnahm. Deine permanente Aufbruchstimmung, sagte ich zu ihm, als ich aus dem Wasser kommend zu ihm zurückgekehrt war. Aber kein Scherz konnte seine verschlossene Miene aufheitern. Was bindet mich bloß an diesen Mann, der sich wie ein Kauz und Sonderling benimmt? »Ich wollt es wäre schon wieder Abend, ich hasse das grelle Licht der Sonne.« Das sagte er, nur das.

Lieber Bruder, ich sehe, mein Bericht wird länger als ich es beabsichtigt hatte. Eigentlich sollte er nicht mehr als wenige Seiten umfassen. Aber Du bist der einzige, bei dem ich mich einmal aussprechen kann, fast sollte ich besser sagen: ausweinen.

Nach dieser Bornholm-Reise ist es nicht mehr so wie früher zwischen Robert und mir. Er grübelt ständig über die Ursache seiner Krankheit. Er findet die verschiedensten Antworten und verwirft sie wieder. Ich bin am Ende meiner Kräfte. Ich bin in jeder Hinsicht müde. Auch was das Briefeschreiben betrifft. Morgen weiter.

14

Er hatte ihr Unrecht getan. Dann fiel ihm das Bamberger Tympanon wieder ein. Man braucht nicht den Tod, das Jenseits, das Jüngste Gericht zu bemühen, dachte er. Wer hier im Diesseits vom Teufel mit einem Seil gefesselt wird, wird der nicht schon hier zu Lebzeiten in den Höllenschlund gestoßen, um seine Strafe zu erleiden? Schlang sich das Seil nicht von innen nach außen? Wenn die Lust, sich selbst zu quälen, sich verflüchtigt, das Gift seine Süße eingebüßt hat, dann blieb nur die Bitternis der Reue über ein Unrecht, das man nicht eigentlich tun wollte, zurück. Lastete nicht auf ihm ein Fluch, wenn er ihre Hinfahrt zum Atlantik genoß, dieses Unterwegssein, diesen täglichen Hotelwechsel, um dann, am Ziel angelangt, nichts intensiver herbeizuwünschen als die Rückkehr.

Das Ende des Urlaubs. Man durfte es keinem erzählen ohne Gefahr zu laufen, für psychisch krank gehalten zu werden. Hatte nicht Hans jedesmal, wenn ihm Marianne von Roberts Verhalten erzählte, den Kopf geschüttelt, schließlich gelacht und gesagt: »Du machst Witze. Ich kann mir das einfach nicht vorstellen.« Wie jubelte es in ihm, wenn die Abreise bevorstand. Wie bedrückt erschien Marianne jedesmal. Der Tag vor der Abreise bescherte ihm ein Gefühl, das sich nur noch mit kindlicher Vorfreude auf das Weihnachtsfest vergleichen ließe. Drei Tage standen ihm jetzt bevor. Drei Tage, an denen er hinter dem Steuer ihres kleinen Wagens sitzen durfte. Dörfer zogen vorbei, keine Stagnation mehr, überall Bewegung. Wie schön dann der Abend, den man nach langer erschöpfender Tagesfahrt genoß.

Hatte er eigentlich ihre Stimmung zur Kenntnis genommen? Ihr leicht verstimmtes Gesicht wegen des Abschieds? Das Ende eines Urlaubs, auf den sie sich so lange gefreut hatte? Sicher. Er hatte gelacht, ihr immerzu Wein nachgeschenkt und sie aufzuheitern versucht. Wie oft hatten sie sich gesagt, daß sie verschieden empfänden, wie oft festgestellt, daß sie nicht zueinander paßten. Ihre Sanftheit, ihre Nachgiebigkeit hatte ihn immer wieder hoffen lassen. – So war es wohl gewesen.

Wenn er sie jetzt vor sich sah, erschien sie ihm als ein Wesen voller Hingabe. Es gab Zeiten, in denen er glaubte, sie zu kennen, sie so gut zu kennen, daß er im voraus wußte, welche Reaktion von ihr im nächsten Augenblick zu erwarten war. Er empfand das als langweilig. Hatte er sie nicht einmal gekränkt mit dem Wunsch, sie möge ihn doch ein einziges Mal mit einer nicht erwarteten überraschenden Reaktion verblüffen?

»Aber ich kenne dich doch auch«, hatte sie gesagt. »Bei dir weiß ich immer, was kommt. Das macht mich glücklich.« Er war taktlos genug gewesen, ihr zu sagen, daß er gerade dann, wenn sie das sagte, nicht glücklich sein könne, weil die Berechenbarkeit des anderen für ihn mit gähnender Langeweile verbunden sei. »Wir empfinden eben wieder einmal völlig verschieden«, hatte sie resigniert geantwortet.

Er mußte schmerzlich lächeln. Ironie des Schicksals. Am Ende ihrer Freundschaft, als er alles versuchte, um sie wiederzugewinnen, als er schon glaubte, in ihrem Verhalten die ihm so vertraute Nachgiebigkeit seiner alten Marianne zu spüren – da hatte sie ihn abgewiesen, endgültig abgewiesen.

Er machte eine Entdeckung. Je länger seine Gedanken um sie kreisten, um so weniger heftig brannte in ihm der Wunsch, in ihrer Nähe zu sein. Auch die Unruhe quälte nicht mehr in dem Maße, wie sie es noch vor einer Stunde getan hatte. Er sehnte sich zwar noch immer nach ihr, aber er wäre jetzt nicht mehr dem kopflosen Impuls gefolgt, zu ihr zu eilen, um ihr sein Liebesleid zu schildern. Vielleicht am Ende seines Geständnisses zu ihr zu sagen: »Du siehst, ich kann nicht mehr. Hilf mir! Du hast mich doch einmal sehr gern gehabt. Ich bitte dich, Marianne, ich kann ohne dich so nicht weiterleben.« Nein, in der Hinsicht bestand keine Gefahr mehr.

Mit Erleichterung spürte er, wie sich sein Herz beruhigte. Es war ein Anfall gewesen, dachte er. Er wird vielleicht wiederkommen. Ich werde ihm vorzubeugen versuchen.

15

In Stuttgart angekommen, wechselte er den Zug. In diesem herrschte ein Gedränge, das ihm irgendwie willkommen war. Er fand noch einen Platz in einem Abteil, in dem schon mehrere Studenten saßen. Sie scherzten, redeten laut, lachten. Nur für kurze Augenblicke, wenn sie von einer Vorlesung oder einem Professor sprachen, gingen ihre Stimmen in einen verhaltenen, besinnlichen Ton über. Bald jedoch begann das Gelächter von neuem.

Fast alle sprachen in schwäbischer Mundart. Robert, der sich von ihrer Munterkeit ein wenig anstecken ließ, versuchte sich auf das zu konzentrieren, was sie sagten. Er glaubte, daß ihm das helfen könnte, seine Gedanken an Marianne aus seinem Kopf zu drängen, ihnen wenigstens für eine Stunde ihre Unmittelbarkeit zu nehmen. Aber die Studenten sprachen in ihrer Mundart so schnell, daß er wenig verstand und es aufgab, ihnen zuzuhören. In einer Stunde würde er in Tübingen ankommen.

Er würde in das ihm von früheren Aufenthalten her bekannte Hotel ziehen und schreiben. Eine angenehme Ruhe erfüllte ihn. Es wäre sicher am besten, er würde sich zuerst an Gespräche erinnern, die er mit Marianne in den letzten Jahren, in dem letzten Jahr vielleicht, in dem es schon kriselte, geführt hatte. Er konnte sich auf sein Gedächtnis verlassen. Hatte nicht auch Hans an ihnen teilgenommen? An ein einziges konnte er sich erinnern. Worüber sprachen sie damals? Nur nicht weiter darüber nachdenken, sonst verwirrt sich alles in mir. An nichts denken jetzt, wenigstens nicht daran. Beim Schreiben stellt sich Klarheit ein. So war es immer. An nichts denken, wiederholte er sich mehrere Male.

Aber so sehr er sich bemühte, sein Hirn hatte sich in die Gedankenwelt, die um Marianne kreiste, festgebissen. Er dachte: Worüber soll ich schreiben?

Neben ihm erzählte jetzt ein junger Mann in ruhigem Ton, die anderen lauschten schweigend. Plötzlich, als die Pointe kommen sollte, überschlug sich seine Stimme. Die letzten Worte gingen in Gelächter unter.

Möchte mal wieder so lustig sein wie die jungen Leute neben mir. Wo sind wir eigentlich? Reutlingen? Nein, Esslingen erst. Ich kann doch nicht über alles schreiben. Wenn die bloß endlich mal etwas leiser wären. Wie kann man bloß so laut lachen, so hemmungslos. Waren wir auch damals so? Marianne war doch manchmal sehr herbe zu mir, nicht nur sanft, weich, nett. Sie konnte richtig aggressiv werden. Nein, aggressiv ist nicht richtig, eher böse. Nein, böse ist zuviel. Wie war sie eigentlich? Also: worüber schreibe ich? Mein Gott, müssen die am Fenster immer so laut reden, ununterbrochen! Sie sehen doch, daß sie nicht allein sind, nicht ganz allein. Ja, worüber werde ich schreiben? Am besten, wenn ich Gespräche mit Marianne aufschreibe. Wenn ich sie notiert habe, werden sie erledigt sein, nicht mehr in den Kopf zurückfluten, um sich dort festzukrallen.

16

Marianne und ich haben uns für dieses Jahr eine Insel im Norden ausgesucht. Die ersten Tage waren wir von ihrer Schönheit verzaubert. Es gibt hier alles, was man sich im Industriezeitalter als Naturausgleich nur erträumen kann. Und doch spürte ich schon bald ein Defizit. Etwas fehlte: ein Hauch von Exotik, von südlichem Flair, das die nordische Seele – und wir kommen ja aus Norddeutschland – zu ihrer Komplementierung so dringend braucht. Liebe entzündet sich nur dort, wo ein anderes die Defizite, die jeden Menschen im Leben begleiten, ausgleicht.

Diese Insel ist uns innerlich zu verwandt. Wir vermissen die

langen Abende auf einer südlichen Piazza, den Wein, das bunte
Treiben, das Spiel der Straßenmusikanten. Die Abende in Allinge
auf Bornholm sind ohne Verheißung, weil sie nicht in eine Nacht
übergehen, in der man erst Lust zum Schlafen bekommt, wenn man
übermüdet ins Bett fällt. Hier verschließen sich die Abende. Das
Leben gefriert, wenn man nicht gerade einige der wenigen warmen
Hochsommerabende geschenkt bekommt.

In diesem Frühsommer erleben wir meistens einen kalten nordischen
Himmel. Mich quält der dunkle Schatten am Abend, der einem die
Einsamkeit des Daseins ins Bewußtsein ruft. Ich habe das Gefühl, in
der Welt verloren zu sein, selten so stark empfunden wie hier.

Wie oft waren wir an der Atlantikküste und im Midi. Hier konnte
man auf den Abend hinleben. Er offenbart erst das wahre Leben,
das sich in der Nacht fortsetzt, die durch ihre Geheimnisse lockt.
Die Nacht nimmt den Einsamen auf, birgt ihn. Allinge stößt den
Menschen von sich wie eine Mutter, die ihr Kind aussetzt. Hier
gebiert die Nacht das Nichts. Am Atlantik erwachte ein geheimnis-
volles Leben, wenn die Sterne den Himmel überzogen. Ein Gefühl
von Andacht erfüllte mich in heißen Sommernächten. Hier ver-
schließt sich der Himmel und gibt der Seele keine Nahrung. Hier
zwingt die nordische Nacht den Menschen, sich hinter den Wänden
des Hauses zu verbergen, sich einzuschließen. Im Süden weckt die
warme Nacht, was sich am Tage vor der Sonnenflut verbarg. Die
nordische Kälte läßt Leben ersterben. Zum erstenmal habe ich auch
Angst, ja eine besonders starke Angst vor den Abenden. Sie stoßen den Menschen in eine Kälte hinaus. Das harte kalte Licht des
Abendhimmels, den die gelb-roten Streifen am Horizont, nachdem
die Sonne untergegangen ist, noch eisiger erscheinen lassen, läßt
mich, meine Seele gefrieren. Ich muß noch einige Tage aushalten,
fast noch eine Woche. Ich hab es Marianne versprochen. Schrecklich, so gefesselt zu sein! Ich werde niemals hierher zurückkehren.
Natürlich: alle Empfindungen sind rein subjektiv. Ich weiß es. An-

dernfalls täte ich dieser schönen Insel Unrecht. Ich kann nur für mich sprechen.

Marianne hat mir geraten zu schreiben, schon aus therapeutischen Gründen, wie sie sagt. Sie hat ja recht. Ich überfliege, was ich soeben alles geschrieben habe. Es gefällt mir nicht. Es gibt meine Befindlichkeit so ausschließlich wieder, daß kein einziger Satz Anspruch auf Objektivität erheben kann. Es mag hin und wieder einen Menschen geben, der ähnlich empfindet. Und dazu gehört im Prinzip auch Marianne, zumindest was die nordische Stimmung betrifft.

Der Norden ist für mich ohne Illusion. Ich meine: er schont nicht, beruhigt nicht. Die suchende Seele findet sich unbarmherzig dem Nichts ausgeliefert, vor das im Norden kein Schleier gebreitet wird wie im katholischen Süden. Man begegnet dem Nichts in seiner ganzen Hoffnungslosigkeit.

Ein Bild wie Munchs ›Schrei‹ konnte sicher nur im Norden entstehen. Mir war immer, als setzte sich in der Figur der Schrei nur fort, der durch den ganzen Kosmos geht.

Ende Juni, null Uhr, noch zwei Tage.

Heute nacht kann ich mich zum ersten Mal in unserem kleinen ummauerten Hof aufhalten, von dem unser kleines Haus umgeben ist. Er ist von Bäumen beschattet. Selbst der Mond, der fast voll ist, erscheint hier nur wie ein riesiges kaltes Gestirn. Vor dem Schein des Mondes heben sich in der Ferne die hohen schwarzen Bäume, in denen die Krähen nisten, besonders klar gegen den Nachthimmel ab. Heute abend ist es fast windstill.

Viele mögen mich für labil halten, vielleicht bin ich es auch. Aber den Romantiker, der sich in unserer leeren geheimnislosen Zeit noch durch ein besonderes Naturempfinden auszeichnet – den laß ich mir nicht nehmen. Mögen andere darüber lachen.

Der letzte Abend! Eine Sommernacht auf Bornholm. Wir hatten schon nicht mehr daran geglaubt. Ich sitze bis weit nach Mitternacht im Hof und genieße den warmen Nachtwind, der durch die

Kiefernreihe hinter mir streicht. Ein sternklarer Himmel. Die Luft ist erfüllt von zartem lieblichem Rosenduft, welcher der Hecke zu meiner Linken entströmt.

Marianne sagt, sie sei traurig, daß wir nur zwei Wochen gebucht haben und morgen abreisen müssen. Ich freue mich, daß es morgen weitergeht.

Ich habe Angst vor der Zeit. Genauer: vor einer Zeit, die ich als eine schleichende, wenn nicht gar stehenbleibende Zeit erlebe – vor einer verweilenden, einer sich dehnenden Zeit. Zur Qual wird mir die Zeit des Mittags. Der Mittag erscheint mir als der bedrückende Augenblick, bei dem die Welt stehenbleibt. Mir ist, als hörte mein Herz zu schlagen auf. Dumpfe Schwermut erfaßt mich jedesmal, ein Gefühl von Verlorenheit, wenn ich gewisse Geräusche wahrnehme: das Klirren der Teller aus dem Küchenfenster eines Hotels, wenn sie zusammengetragen oder aufeinandergelegt werden. Abgestandene Bratendüfte ekeln mich, besonders dann, wenn sie sich vermischen mit der schwülen, flimmernden Luft eines sommerlichen Mittags. Hinzu kommen manchmal die Rufe des Küchenpersonals, die nach draußen dringen. Es entsteht eine Atmosphäre, in der ich mich in die Kühle einer dunklen Höhle verkriechen möchte.

Erst der späte Nachmittag hat eine Verheißung: die Verheißung auf den Abend. Der Morgen hat etwas Erfrischendes. Aber nur der frühe Morgen. Man spürt eine Spannung, die von ihm ausgeht. Am frühen Morgen ist das Licht erträglich. Aber schon sehr bald beginnt die Angst vor dem Mittag. Ich möchte dann am liebsten eine Peitsche in die Hand nehmen, um die Zeit wie Pferde vorantreiben, zum Galopp antreiben zu können. Der Abend wirkt wie Balsam. Er verheißt die Nacht. Sie ist die eigentliche Zeit, auf die ich hinlebe, die mir Geborgenheit gibt.

Ich habe Angst vor jeder Art von Gegenwart, die sich in meinem

Bewußtsein dehnt, streckt. Ich halte sie nur sehr schwer aus. Das Behagen, das so viele Menschen in der freien Zeit des Urlaubs empfinden, ist mir nicht vergönnt. Ihr Lachen, ihr Kreischen bei wolkenlosem Himmel und einer brennenden Sonne, die alle Gegenstände in ein verschwenderisches Licht taucht, tut mir weh. Dann wünsche ich mir ein drohendes Gewitter, einen plötzlich einsetzenden Sturm, wenigstens einen starken Regen herbei. Er würde mich ruhig und friedlich stimmen, fast zum Jubeln bringen.

So ist mir der schönste Sommertag, der sich im Zeitbewußtsein der Menschen dehnt, zuwider. Schon das Vergnügen, mit dem die Leute morgens an den Strand gehen, sich in den Sand legen und sich den Verlauf des Tages wie eine Ewigkeit ausmalen, vermittelt mir ein Gefühl von Isoliertsein, wenn ich es mit ansehen muß. Und dann die vielen weißen Segel auf der blauen See, wenn sie, von einer leichten Brise angetrieben, die Boote träge durch die Wellen treiben. Entsetzlich – diese Freude an Augenblicken, welche ihnen die Illusion eingibt, Zeitlosigkeit zu erleben, Dauer zu besitzen.

An solchen Tagen sehne ich am stärksten den Abend herbei, der in die Nacht mündet.

Wenn ich mich nicht auf der Flucht vor der Zeit befinden kann, fühle ich mich bedrückt. Die Zeit ist immer auch mit dem Ort verbunden, der sie festhält. So entfliehe ich der Zeit, indem ich von einem Ort zum anderen ziehe. Schon der Aufenthalt an einem Ort von nur einer Woche wird für mich zur Qual.

Die Nacht macht eine Ausnahme. Sie besiegt jeden Ort, indem sie ihm die Konturen nimmt. Sie sollte nicht zu Ende gehen. In ihr möchte ich untertauchen. Da sie aber doch immer zu Ende geht, wird die Sehnsucht nach ihr an jedem Tag von neuem entfacht.

17

Ich habe in der letzten Nacht sehr schlecht geschlafen. Ich bin verzweifelt, Hans. Das Robert-Problem macht mich mürbe. Ich halte mein Versprechen und erwähne keinen Arzt. »Wenn überhaupt, dann kann nur ich mich selbst analysieren«, sagt er immer wieder. Wenn er mit dem Abitur zu tun hat, dann stürzt er sich in die Vorbereitungen und kann sich ablenken. Besonders gewissenhaft widmet er sich den Korrekturen. Aber es geht ihm nicht so sehr um die Sache. Ich glaube, er hat Angst, daß ihm jemand einen Fehler nachweisen könnte. Und Du kennst ihn ja. Bei seiner Empfindlichkeit und der fatalen Begabung, sich zu ärgern. Aber diese Tätigkeit kann ihn nicht befriedigen. Er träumt davon, ein Autor zu werden.

Aber ich muß noch einmal zu dem Ausgangspunkt unseres verdorbenen Sommerurlaubs zurückkehren.

Eines Morgens – es war kurz vor unserer Abreise – überraschte er mich mit einem Geständnis, dessen Inhalt mir seitdem nicht mehr aus dem Kopf geht. Er schien etwas verstörter als sonst beim Frühstück. »Ich muß mit dir etwas besprechen«, begann er langsam und in feierlichem Ton. Ich sah gespannt zu ihm auf, denn in diesem Ton hatte ich ihn lange nicht sprechen hören. »Ich habe gestern noch bis spät in die Nacht zu schreiben versucht.« »Das machst du doch immer in den letzten Tagen«, warf ich ein. »Ich habe länger über mich nachgedacht«, fuhr er fort. »Auch das pflegst du doch immer zu tun«, lachte ich. Ich sagte noch: »Wenn jemand mich nach deinem zentralen Hobby fragen würde, würde ich eine Art manischer Selbstbeobachtung an erster Stelle nennen.« »Ja, aber es geht um etwas, das ich an mir entdeckt habe und das mir Angst macht.« »Du hast schon so vieles an dir entdeckt. Mach es nicht so spannend, was ist es schon«, erwiderte ich ungeduldig und schenkte ihm Kaffee ein.

Er blickte auf und sah mir ins Gesicht. »Es ist eine unangenehme

Entdeckung.« Ich wurde neugierig. »Für wen unangenehm? Für dich, für mich, für uns beide?« »Nun warte doch erst einmal ab. Du kannst ja hinterher urteilen. Ich bitte dich nur, mir zuzuhören.«

Ich lehnte mich gespannt zurück. »Du weißt, wie sehr ich darunter leide, im Urlaub an einen Ort gebannt zu sein. Du gibst dir die größte Mühe, mich zu verstehen. Du versuchst, mir auf deine Weise zu helfen. Wir sind uns beide einig, daß es sich bei mir um einen krankhaften Zustand handelt. Tatsache ist, daß ich uns mit einem depressiven Verstimmtsein den Urlaub verderbe. Ich sehe, wie du durch mein Verhalten um schöne Stunden betrogen wirst. Heute nacht nun beschloß ich, einmal ganz genau in mich hineinzuhören, mich zu prüfen. Ich wollte wie ein Analytiker vorgehen, der bei seinem Patienten erst einmal die inneren Widerstände aufbrechen muß, um Wahres zutage zu fördern. Aber der Patient wehrt sich lange.« Ich hatte schlecht geschlafen, hatte keine Lust, mich zu konzentrieren. Bloß jetzt keinen Vortrag, dachte ich. »Ich weiß«, unterbrach ich, »aber komm endlich zur Sache.« »Nur eins noch vorweg«, beharrte er. »Weißt du auch, warum die Patienten sich wehren? Das heißt, unbewußt natürlich.« »Weil die Wahrheit vermutlich unangenehm für sie sein könnte, weil sie sie hartnäckig verdrängen wollen. Das ist doch nichts Neues.« »Nein, das ist nichts Neues. Aber das ist eben reine Theorie. Ein abstraktes Wissen, das man eben immer dann beherrscht, wenn es um andere und nicht um die eigene Person geht. Nun, heute nacht habe ich dieses Wissen auf die eigene Person, auf mich bezogen.« »Schön. Und wie sieht deine unangenehme Wahrheit aus?« »Sie ist sogar sehr unangenehm. Nachdem ich sie entdeckt hatte, und viele Vermutungen waren dieser Entdeckung schon vorausgegangen, entschied ich mich, sie dir auch mitzuteilen. Ich weiß: jedes Ehrlichsein birgt ein Risiko. Also, ich will es nicht noch spannender machen: ich muß dich nicht nur mit meinem Zustand quälen, sondern es macht mir zugleich Freude, dich zu quälen.«

Zuerst war ich verblüfft. Ich verstand auch nicht, was er meinte.

Ich sah erstaunt zu ihm auf. »Was willst du damit sagen? Was soll das? Ich versteh dich nicht.« »Ich kann es auch nicht genau erklären. Es ist ein Gefühl, oder besser: ein Charakterzug, den ich gespürt habe. Aber ich spüre ihn so deutlich, er ist so unglaublich wirksam in mir, daß ich ihn als eine evidente Erkenntnis begreife. Vermutungen, die ich in der Hinsicht hatte, kreisten immer schon um etwas, das nur verschwommen in mir lebte. Seit heute nacht habe ich Gewißheit. Ich komme mir vor wie ein Alkoholkranker, der sich seine Krankheit nicht eingestehen wollte, sich immer wieder gegen eine Einsicht wehrte und sich dann doch schließlich dazu durchrang, der Wahrheit ins Auge zu sehen.«

Ich begriff immer noch nicht, was er meinte. Unbehagen erfaßte mich. »Du sprichst in Rätseln«, sagte ich. »Erklär mir bitte, was du mir eigentlich sagen willst. Ich kann dir nicht folgen.« »Ja, ich merke, wie ich jetzt darum herumrede. Heute nacht überlegte ich: soll ich ihr sagen, was los ist oder nicht? Aber ich habe ja Vertrauen zu dir und wollte dir meine Entdeckung nicht verheimlichen. Deine Güte – schrecklich, ich mag das Wort nicht, es klingt so salbungsvoll. Also: deine liebe Art, mich verstehen zu wollen, bei mir zu bleiben, auch wenn ich dir Kummer bereite, hat mir immer so wohlgetan. Aber ich kann schon wieder nicht klar ausdrücken, was du wissen solltest.«

Ich versuchte zu lachen, aber es war ein Lachen, das sicher nicht gut klang. »Das hört sich ja an, als wolltest du mir gestehen, daß du mich mit einer anderen Frau betrogen hast.« Ich sagte die Worte in einem gespielt scherzhaften Ton, weil ich wußte, daß von Robert in der Hinsicht nichts zu befürchten war. Und da ich ihn noch immer sehr gern habe, braucht er auch von mir keinen Seitensprung zu befürchten. Das Thema Eifersucht spielt in unserer Beziehung keine Rolle. Wir haben aber abgemacht, zueinander ehrlich zu sein.

»In gewisser Weise habe ich doch schon betrogen«, fuhr er fort. »Wenn es auch eine andere Art Betrug ist, bei dem ich mich vielleicht von Schuld freisprechen kann.«

Meine Geduld war zu Ende. Ich stand auf, packte das Frühstücksgeschirr energisch auf ein Tablett. »Ich will endlich wissen, was du sagen willst.« Mein Ton war schroff. »Sonst finde ich das unfair.«

Er mußte sich einen Ruck geben, so peinlich und unangenehm schien ihm, was er jetzt sagen wollte. »Ich bin ein boshafter Mensch im Grunde meines Herzens. Mein depressiver Zustand, in dem ich mich befinde, wird gemildert durch eine boshafte Freude, die ich empfinde und die mir Lust bereitet, wenn ich sehe, wie andere, also in erster Linie du, eben unter dieser meiner Art zu leiden haben. Kurz: ich spüre ein seltsames Behagen, wenn ich sehe, wie dir die Gegenwart und der Urlaub verleidet werden.«

Er hatte die letzten Worte hastig hervorgestoßen. Dann schwieg er und sah stumm auf die Kaffeekanne, die noch vor ihm stand.

Meine erste Reaktion war: welch einen Unsinn redet er. Ich hatte mich in einen Sessel an der gegenüberliegenden Seite zum Frühstückstisch gesetzt und ihm aufmerksam zugehört. Aber ich hatte nur die Worte gehört, nicht deren Bedeutung verstanden. Bevor ich eine Frage stellen konnte, fuhr er fort: »Was ich sage, empfindest du sicher als eine Absurdität, schon deshalb, weil du derartiges nie selbst empfunden hast und deshalb nicht nachvollziehen kannst. Und das ist nur gut so. Ich konnte mein Wissen auch nicht für mich behalten. Du kannst mir glauben: ich schäme mich dieser boshaften Freude. Sie scheint auf eine Erbanlage zurückzugehen. Ich finde sie ekelhaft. Und doch kann ich mich eines süßen Lustgefühls, einer Art Wollust nicht erwehren, die mich jedesmal überkommt, wenn ich anderen und mir, vor allem auch mir, weh tun kann.«

Ich sah starr vor mich hin. »... anderen und mir weh tun kann«, wiederholte ich für mich. Ich hatte einmal gelesen, daß es so etwas gibt. Von psychischer Grausamkeit war da die Rede gewesen. Es lag nicht innerhalb meines Verständnishorizontes. Plötzlich mußte ich lachen. Mein Robert, der da mir gegenüber so geknickt und verstört saß, sollte von einer derartigen Perversion befallen sein. »Aber das bist wieder typisch du. Du grübelst und grübelst. Und was kommt dabei heraus? Solche Hirngespinste. Bei deiner unendlichen Suche nach dir selbst förderst du dann irgendeinen unerwarteten neuen Fund zutage, den du gierig von allen Seiten betrachtest. Aber jetzt will ich dir die Wahrheit sagen: es sind nur eingebildete Funde, Produkte deiner überspannten Phantasie.«

Mariannes Brief bricht hier ab. Sie sagte später, sie habe auch nicht einen Augenblick daran gedacht, mir diese Aufzeichnungen zuzuschicken. Sie habe nur einen anspruchsvollen Adressaten gebraucht, um sich zu besseren Formulierungen zu motivieren. Es sei ihr ein Bedürfnis gewesen, sich schreibend noch einmal die mit Robert geführten Gespräche ›in meinem Beisein‹ zu vergegenwärtigen.

18

Aus den Fenstern drang Geschrei, Lärm und Gläserklirren. Dumpfes Gebrüll männlicher Stimmen aus allen umliegenden Kneipen. Ich rannte zum nächsten Gasthof. Noch dreißig Minuten bis zum Abpfiff. Im Fernseher überschlug sich die Stimme des Reporters. Aus den offenen Fenstern der Häuser hallte sie durch die Straßen und Plätze. Unheimliche Stille und plötzlicher Aufschrei wechselten. Mischte mich unter die um einen Fernseher hockenden, gerade atemlos lauschenden Männergruppen. Nur der Wirt zapfte am Tresen. Wie mechanisch füllte er die Gläser und reichte sie an die um ihn Herumstehenden. Auch seine Ohren und Augen waren wie die aller anderen auf den Fernsehapparat konzentriert. Hatte Glück, er bemerkte mich nicht. Konnte ein Bier sparen.

In die helle, geölte, sich überschlagende Stimme des Reporters mischte sich hin und wieder das Aufstöhnen der Fans. Fragte leise einen der vor mir Stehenden: Wie steht's? Er wandte mir einen erstaunten Blick zu, sah mich für eine Sekunde an, als käme ich vom Mond. Zwei zu zwei, flüsterte er.

Und dann glich die Gaststube einem Tollhaus. Ein frenetischer Jubel überdeckte den immerzu wiederholten Torschrei des Reporters. Ein Freistoß war zum drei zu zwei im Netz gelandet. War das der Sieg? Das Spiel war noch nicht zu Ende. Bange Minuten voller Beklommenheit und zittriger Spannung waren noch zu überstehen. Laute von banger Erwartung, enttäuschtem Aufstöhnen und Entsetzensschreien lösten einander ab. Dann war alles vorbei. Das Spiel ist aus! schrie der Reporter. Seine vom Glücksgefühl anschwellende Stimme, die Deutschland zum Weltmeister ausrief, übertrug sich auf alle Anwesenden.

Jetzt erst spürte ich den dicken Qualm und den Bierdunst, von dem der Gastraum erfüllt war. Eilte hinaus, froh gestimmt. Überall lachende Gesichter, die mir entgegenkamen. Die Spannung löste sich in Freudenschreie. Der Jubel kannte kein Ende. Eine Stimmung wie an Silvester hatte die ganze Altstadt ergriffen. Von draußen sah man durch die Scheiben der Privathäuser und Gasthäuser, wie sich die Menschen selig umarmten.

19

Einmal sagte sie: »Du hast kein lohnendes Ziel vor Augen, das ist es. Aber wie soll ich dir helfen, eines zu finden? Wie oft hast du schon geglaubt, als Lehrer eine sinnvolle Aufgabe zu haben. Erinnere dich an die Tage, an denen du begeistert nach Hause kamst und glaubtest, mit dem, was du den Schülern beigebracht hattest, Erfolg gehabt zu haben. Der Funke sei übergesprungen, es habe geknistert. Du hast, ich weiß es noch genau, von Sartre erzählt.«

»Ich habe versucht, den Schülern Sartres These, wie wichtig es sei, daß der Mensch sich in seinem Leben für etwas engagieren könne, wenn er Existenz gewinnen will, beizubringen.«

»Richtig. Jetzt fällt mir auch wieder unser Gespräch darüber ein. Du sprachst von einem formalen Wert in bezug auf das Engagement.« Robert ergänzte: »In der Klasse hatte sich eine lebhafte Diskussion entfacht. Es ging um die Frage, ob ein Sich-Engagieren als bloße formale ethische Forderung bei einem Engagement überhaupt einen Sinn habe, wenn man nicht auch an den Inhalt, an den Sinn dessen, wofür man sich einsetzt, glaubt.« »Und was dachten die Schüler?« »Sie waren in ihrer Mehrheit der Meinung, Sartre habe Unrecht. Eine rein formale Forderung, sich für etwas zu engagieren, sei widersinnig. Dem Willen zum Engagement müsse die Begeisterung, der Glaube an einen Inhalt vorausgehen. Sartre habe die Reihenfolge unsinnigerweise vertauscht.« »Erkennst du nicht, daß dieses Thema dich und dein Leben betrifft?« »Wie soll ich das verstehen?« »Na, das ist doch sehr einfach. Du glaubst an nichts, an keinen Gott, vielleicht noch an den Zufall.« »Ich glaube an uns beide, daß wir uns lieben, irgendwie zusammengehören und daß ich ohne dich schrecklich allein wäre.« »Ich glaube doch auch an uns und an unsere Gefühle zueinander. Aber ich glaube darüber hinaus – wenn auch ohne eine bestimmte Vorstellung –, daß irgendeine höhere Macht, eine Macht, die ich nicht kenne, uns zusammengeführt hat, während du mit deiner nihilistischen Einstellung alles für Zufall hältst. Daß du mich hast und in mir einen Menschen, der dir helfen will, hältst du für Zufall. Alles Zufall, denkst du, einem Würfelspiel ähnlich, das auch so oder so ausgehen kann. Also auch hätte ganz anders ausgehen können.« »Ich weiß es nicht. Ich maße mir nicht an, darüber etwas zu wissen. Mir fehlt der Glaube, wenn ich die Menschen bei jeder harmonischen Beziehung, die sie erfahren, von einer glücklichen Fügung reden höre.« »Aber laß uns nicht abschweifen. Daß du oft mit Freude unterrichtest und zufrieden nach Hause kommst, begeistert erzählst, das bedeutet noch lange nicht, daß du in deiner Tätigkeit insgesamt einen Sinn siehst oder gar eine Aufgabe, für die es sich zu leben lohnt. Siehst du nicht ein, daß Sartre, wenn auch in einem anderen Sinn, dein Thema behandelt? Der französische Philosoph hätte davon sprechen müssen, wie wichtig es sei, zumindest einen Lebensinhalt zu finden. Du kamst so begeistert aus dem Unterricht, weil du unbewußt das Gefühl hattest, daß es bei diesem Thema – was sicher nicht häufig vorkommt – um dich ganz persönlich und um dein Lebensproblem geht.« »Vielleicht.« »Ich bin sicher, daß es das ist. Du kannst es dir nicht einfach machen. Das ist es ja auch, was ich an dir so mag. Ich mag, wenn ein Mann schwierig ist. Du hast nichts, für das es sich zu leben lohnt. Und das tut mir leid. Einfach genießerisch dahinzuleben und zu konsumieren, das genügt dir nicht, sicher nicht. Ich glaube, daß deine ewige Unrast nur Ausdruck dieser verzweifelten Suche ist. Und im Urlaub, wo es ein Bleiben gibt, wo du auf dich zurückgeworfen wirst, da wirst du dir deiner Situation mehr oder weniger bewußt. Dieser Auffassung ist übrigens auch Hans.« »Mehr oder weniger. Das hast du schön gesagt. Aber im Ernst: du willst mich noch zu einem Therapeuten auf die Couch schicken, wo ich es doch viel besser bei dir auf der Couch habe.« »Halt doch auf! Ich bemühe mich ernsthaft, dir zu helfen, und du verspottest mich dafür.«

»Ich weiß, daß du aus deiner Sicht recht hast. Du stimmst mit der Meinung meiner Schüler überein. Aber was ich ihnen nicht sagen konnte, weil sie es noch nicht hätten verstehen können, das möchte ich doch wenigstens bei dir loswerden.« Marianne sah zu ihm auf. »Du hast recht und doch wieder unrecht, und das trifft für mich auch zu. Einerseits möchte ich dir spontan zustimmen, und eine innere Stimme sagt mir: sie hat recht, so ist es. Vergiß alle Vorbehalte deinerseits. Sei ein gläubiger Illusionist. Es bleibt dir doch nichts anderes übrig.«

Sie lehnte sich in ihrem Sessel zurück und hörte interessiert zu. »Aber leider habe ich nicht die Begabung dafür«, fuhr er fort. »Um es kurz zu machen: Du hast Sartres These vorhin kritisiert. Und wenn man von deiner Mentalität ausgeht, dann hast du mit deiner Kritik recht und viele würden dir sicher zustimmen. Aber ich kann Sartre verstehen. Du vergißt, daß die Inhalte, die es heute gibt und die wie in einem Warenhaus vor uns ausgebreitet werden, nicht mehr geglaubt werden. Menschen früherer Zeiten haben doch in ihrer grenzenlosen Naivität geglaubt, an irgend etwas. Dazu bin ich nicht mehr in der Lage und mit mir sicher auch unzählige andere nicht mehr. Aber nun kommt der entscheidende Punkt. Wahrscheinlich kann der Mensch nicht leben, ohne an irgend etwas zu glauben. Und viele, die keine Inhalte haben, erfreuen sich wenigstens an ihren Kindern und Enkelkindern. An sie wollen sie glauben. Das lenkt sie vom Nachdenken ab.« Er hielt inne.

»Aber an irgend etwas muß er sich doch klammern in seiner Not«, stieß Robert plötzlich hervor. »Hast du mal gehört, woran sich ein in Panik geratener Schiffbrüchiger klammert, der nur überleben will? Jeder Gegenstand ist ihm willkommen, wenn er ihn nur fest umklammern und hoffen kann, daß dieser ihn eine Zeitlang über Wasser hält, bis er vielleicht einmal gerettet wird.«

»Der Vergleich gefällt mir gut«, warf sie ein.

»Aber er geht noch weiter. Wer im eisigen Meer schwimmt, wenn das Schiff untergegangen ist, dessen Kräfte werden bald ermüden und er wird kläglich ertrinken.«

»Du mußt dein Gleichnis übertragen, wenn ich mir genau vorstellen soll, was du meinst.«

»Geduld! Wir sind doch von Menschen ausgegangen, die in weltanschaulicher Hinsicht an nichts mehr glauben können. Die Ideologien, an die sich Menschen geklammert haben, sind heute verbraucht und längst als das entlarvt, was sie schon immer waren: als Illusionen. Fruchtbare vielleicht, aber eben Illusionen. Und wer will heute noch wirklich an den Sinn der Wissenschaft und an den Fortschritt glauben? Beides ist in Mißkredit geraten. Die Kirchen können der Masse der Menschen keine Religion mehr vermitteln. Unter den Gutwilligen wird die Zahl der Unzufriedenen und Skeptikern immer größer.«

»Was hat das mit Sartre zu tun?« wollte sie wissen.

»Warte! Ich bin sofort fertig. Sartres formal-ethische Forderung, sich zu engagieren, irgendwo für sich einen Inhalt zu finden, wirkt auf mich wie eine Rettungsinsel in einem Meer der Sinnlosigkeit. Anders ausgedrückt: Sartre ruft den Menschen eine Botschaft zu. Sie könnte etwa so lauten: Ihr wißt wie ich, daß alles sinnlos ist. Denn jeder Inhalt ist ausschließlich von Menschen selbst zu ihrer Orientierung erdacht, gleich relativ, also austauschbar. Es gibt nichts Absolutes, an das ihr glaubt, an das ihr euch halten könnt. Aber ihr habt gegenüber früheren Zeiten einen Riesenvorteil. Ihr seid frei. Alle Fesseln, die euch früher geistig, moralisch, religiös banden, fallen ab. Wenn sie noch nicht von selbst gefallen sind, dann reißt sie ab! Aber in einer Hinsicht seid ihr alle unfrei. Wenn ihr geistig überleben wollt, dann engagiert euch für irgend etwas, das ihr frei gewählt habt. Für mehr soziale Gerechtigkeit in dieser schlimmen Welt, zum Beispiel. Aber engagieren müßt ihr euch, wenn ihr nicht in eine permanente geistige Not, in eine Sinnkrise ohne Ende geraten wollt.« Er sprach hastig und mit Überzeugung in der Stimme.

»Du meintest, mir fehlt eine sinnvolle Aufgabe«, fuhr er fort. Das ist sicher richtig, denn ich kann mich nicht engagieren. Ich verstehe, was Sartre meint, habe aber noch keine Kraft gehabt, einen Inhalt zu finden, für den ich mich engagieren könnte. Um mit meinem Gleichnis zu sprechen: Ich sitze in keinem Rettungsboot, das gesteuert wird von Menschen, die sich zwar in großer Angst befinden, aber immerhin noch nicht die Hoffnung aufgegeben haben, irgendwann und irgendwo Land zu finden, ein rettendes Ufer zu erreichen. Diese Menschen betäuben sich, indem sie sich angestrengt bemühen, ihr Boot nicht zum Kentern zu bringen. Das füllt sie aus.«

Er saß jetzt unbeweglich auf seinem Platz. Das tat er immer, wenn er von sich sprach. Und da das nicht selten vorkam, war das für sie ein vertrauter Anblick.

Sie setzte eine bestürzte Miene auf. Aber das tat sie mechanisch, ohne einen Anflug von Ironie. »Und der einsame Schwimmer im eisigen Meer, den kein Rettungsboot aufgenommen hat und den die Kräfte zu verlassen drohen, der bist dann du.« »Erraten. Aber glaube mir: das sage ich ohne einen Anflug von Koketterie. Auch bin ich überzeugt, daß es heute fast überall einsame Schwimmer gibt. Ich wäre zu gern bei den anderen auf der im Meer treibenden Rettungsinsel. Aber jetzt wollen wir das Gleichnis nicht länger strapazieren. Ich gebe Sartre recht, wenn er sagt, daß der Mensch sich entscheiden muß für eine Aufgabe, die er anpacken muß. Er muß etwas tun, sich einsetzen. Er muß etwas tun, nicht weil er an den Sinn seines Tuns glaubt, sondern ... um sich selbst das Gefühl zu geben, bei seinem Tun etwas zu sein, sich zu erleben ... Und vielleicht stellt sich ja dann auch noch der Glaube an den Sinn seines Tuns ein. Vielleicht, irgendwann.«

Er machte eine Pause. Er sah vor sich auf den Boden, fuhr dann fort: »Zusammen mit anderen ist es auch leichter, sich zu betäuben und die Angst zu verdrängen, man müßte ewig auf dem eisigen Meer dahintreiben und würde nie wieder festen Boden gewinnen. Aber jetzt bin ich ja doch schon wieder bei meinem Gleichnis gelandet.«

So hatte sie ihn noch nie über sich reden gehört, so emphatisch. Sie lächelte. »Ich habe vieles verstanden von dem, was du sagtest. Aber welche Rolle hast du mir zugedacht, wenn du von dir als einem einsamen Schwimmer sprichst? Wo bin ich in deinem Gleichnis?«

20

Aus Roberts Notizen:
Es ist heiß geworden. Ich gehe in die Stadt zurück. Es kommt mir heute so vor, als explodierten die Menschen vor Lebenslust. Sie scheinen zu laufen, fast zu rennen. Und wenn sie auch in Wirklichkeit nur gehen. Überall schallt einem Gelächter entgegen. Alles drängt nach draußen. Die Mädchen, junge und ältere, tragen Kleider in den grellsten Farben. Bin ich der einzig Bedrückte? Mit Sicherheit nicht. Bin ich denn bedrückt? Ich will es nicht sein. Ich will heute feiern. Habe schon viel geschrieben.

Ich setze mich an einen der Tische, die vor einem Gasthaus am Markt auf der Straße stehen. Auf das Haus zu meiner Linken haben sie mit großen roten Buchstaben geschrieben: Wohlstand nur durch Ausbeutung der Dritten Welt. Viele, die an meinem Tisch vorbeiziehen, sehen aus als wollten sie herausschreien, wie sehr sie das Leben bejahen. Der Tag scheint nicht enden zu wollen. Er geht unmerklich in die Nacht über. Das Leben pulsiert weiter. (Ende der Notizen)

Durst quälte ihn. Ich sollte ein Wasser trinken. Er betrat die nächste Kneipe. Es roch nach abgestandenem Bier. Zigarettenqualm füllte den kleinen Schankraum aus. Ein dicker Wirt mit Schnauzbart zapfte Bier in eine Reihe von Gläsern. Zwei Männer saßen auf den wenigen Hockern am Tresen, rauchten, redeten und lachten laut durcheinander. An der Seite, ein wenig entfernt vom Ausschank, hantierten zwei Mädchen an einer Musikbox, Zigaretten zwischen den Fingern. Hämmernde Rhythmen schlugen sich durch dicken, giftigen Qualm und den säuerlichen Gestank, der den Raum durchzog. Die Füße der Mädchen bewegten sich nicht, aber ihre Hüften wiegten sich im Takt der Musik. Sie reckten dazu die Arme, ihre Köpfe nickten monoton zu dem blechernen Sound. Dann brach die

Musik ab und wurde abgelöst von einer sanften Melodie, einem Schlager, der seit Wochen in aller Ohren war. Die Mädchen saugten an ihren Zigaretten, bliesen den Rauch durch ihre Nüstern aus und summten das Lied mit. Die Gaststätte bestand aus einem schmalen Schlauch. Aus dem schummrigen Hintergrund des Raumes konnte man angetrunkene Stimmen hören.

Da die wenigen Hocker vor dem Schanktisch alle besetzt waren, stellte sich Robert ein wenig abseits hinter die jungen Männer und bestellte ein Wasser. Ein aufgeschwemmter junger Mann, dem der Wirt gerade einen Liter Bier hingeschoben hatte, drückte seine Zigarette aus und sagte zu einem, der neben ihm saß: »Ich mag alle, auch die Schwarzen, obwohl ich sie nicht mag. Aber man muß sie akzeptieren.« Robert trank nur so viel, wie nötig war, um den Durst zu löschen, zahlte und eilte hinaus. Keine fünf Minuten hatte der Aufenthalt in der Gaststätte gedauert. Kurz darauf erreichte er den Vorplatz der Stiftskirche.

Statt der vielen Autos, die hier am Tage parkten, bevölkerten ihn jetzt Menschen, die in kleinen Gruppen zusammenstanden. Robert näherte sich ihnen. Sie schienen alle die Kirche zu umlagern, an deren Fassade er vorbeigehen mußte, wenn er den großen Garten betreten wollte. Das Kirchenportal war geöffnet. Davor, auf den Stufen der Freitreppe, saßen einige junge Menschen mit einem Zettel in der Hand.

Was mag dort stattfinden, ging es ihm durch den Kopf. Eine Hochzeit? Unmöglich. Trauungen finden zu einer anderen Tageszeit statt. Die Menschen waren unterschiedlich gekleidet. Ältere, die etabliert wirkten, trugen einen festlichen Abendanzug und Krawatten, andere, jüngere, hatten lässige Kleidung bevorzugt: Jeans, offenes Hemd. Alles sieht nach einem Konzert aus, fiel es ihm ein.

Als er näher herankam, rissen ihn junge Stimmen aus seinen Gedanken. »Gott sei Dank, daß die Donani wenigstens die Hanne singt«, sagte ein junges Mädchen, dem man die Musikstudentin ansah. »Travola ist erkrankt. Schade. Die richtige Stimme für den Lukas. Ich hab' ihn in der Rolle schon mal gehört.« »Und wie ist der Bruch?« fragte ein anderes Mädchen. »Der Bruch? Er soll nicht schlecht sein. Aber ob er ein vollwertiger Ersatz ... Na gut, ich habe ihn selbst noch nicht gehört«, antwortete die erste. »Geben wir ihm eine Chance«, meinte eine dritte.

Ein junger Mann im Anzug mit Krawatte, höheres Semester, zu einem anderen: »Die drei Solisten treten ja zugleich als Naturbetrachter und als Mitspieler auf. Ich finde es genial, wie Haydn den Zwiespalt, der zwischen epischem Oratorium und dramatischem Singspiel besteht, gemeistert hat.«

Haydn also, natürlich, die Jahreszeiten! Konzert in der Stiftskirche. Ein Plakat bestätigte es. Er überlegte. Das sollte ich mir eigentlich nicht entgehen lassen. Große Lust hatte er nicht, aber die herrliche Musik. Hörte Marianne sie nicht besonders gern? Die Platten mit Karl Böhm. Sie legte sie immer wieder auf.

Robert war zwischen den Menschen, die sich auf dem Vorplatz in der Abendsonne aufhielten und auf den Beginn warteten, hindurchgegangen, war ohne zu zögern die Freitreppe emporgestiegen und stand jetzt vor einem Verkaufsstand hinter dem Portal. Ohne lange zu überlegen, kaufte er eine Eintrittskarte. Freundliche Organisatoren geleiteten ihn zu einer der harten Holzbänke. Das Kirchenschiff war halb gefüllt.

Viele hatten sich ein Kissen mitgebracht. Neben Robert rutschte ein etwas fülliger Mann um die Vierzig, im Anzug und mit Krawatte, auf der harten Unterlage hin und her. Nicht einmal sein fettes Gesäß schien ihm ein ausreichendes Polster zu bieten. Schließlich zog er seine Jacke aus, faltete sie sorgfältig, legte sie auf die Bank und setzte sich darauf.

Hinter Roberts Rücken wurde es plötzlich laut. Eine Dame mittleren Alters war, von der Seite kommend, auf eine der Bankreihen zugeeilt, um ein Ehepaar, das dort schon saß, zu begrüßen. »Hallöchen!« rief sie. »Ihr seid's auch hier. Wie schön!« Sie bediente sich einer manierierten Sprechweise. »Ja natürlich«, erwiderten die Angesprochenen. »Wie geht es dir?« »Danke, jetzt wieder etwas besser.« »Hast du deinen Rudolf nicht mitgebracht?« fragte der Mann. »Da steht er doch«, lachte die Frau. Die beiden reckten die Köpfe. »Wo?« Die Hinzugekommene wandte den Kopf zur Seite und wies mit ausgestreckten Fingern in die Richtung des Mittelganges. »Da drüben.« »Na, gut, daß er mitgekommen ist.« »Ja, aber das war vielleicht ein Stück Arbeit. Ihn mitzubekommen, meine ich. Ich hab' gesagt: Die schöne Musik willst du dir entgehen lassen? Am Fernseher kannst du doch immer hocken.« »Recht hast du. Ihr wohnt ja auch nicht weit von hier«, sagte die Frau, die schon auf der Bank saß. Sie drehte sich noch einmal um. »Ich wink' mal, ich glaube, er guckt gerade rüber.«

»Er hat euch schon gesehen. Er sucht noch unsere Plätze. Schade, daß der Travola absagen mußte. Ich hör' den zu gern. Aber der Bruch soll ja auch nicht schlecht sein. – Ah, Rudolf winkt. Wir sitzen da hinten. Also, Ihr Lieben, wir sehen uns noch. Bis später.«

Der Dicke neben Robert war mit seinem Nachbarn zur Rechten ins Gespräch gekommen. Jetzt sagte er, wobei er den Mund kräuselte und vor sich hinsah: »Es kommt nicht darauf an, daß man viele Konzerte besucht, sondern daß ein einziges – ich betone: ein einziges – zum Erlebnis wird und den Menschen gleichsam verwandelt.« Er wandte seinen Kopf wieder seinem Nachbarn zu. Was der sagte, verstand Robert nicht. Der Dicke schien ihm aber beizupflichten: »Ja, Sie haben völlig recht. Sehen Sie: wir haben heute keine Kultur mehr, nur noch Kulturbetrieb in unserem technischen Zeitalter. Wichtig ist dann natürlich, daß man sich davor hütet, einen solchen Abend wie diesen nur zu konsumieren. Die Gefahr ist heute, daß alles Große, was früher einmal geschaffen worden ist, den Menschen nur noch zum Erlebniskonsum wird.«

Während sich die Chöre hinter den Musikern aufbauten, kamen Roberts Erinnerungen. Er träumte. Er sah Mariannes Wohnung. Sie lief mit Blumen, die er ihr mitgebracht hatte, umher und suchte nach einer Vase. Es war zu der Zeit, als sie noch nicht zusammengezogen waren. Sie hatte sein Lieblingsessen gekocht. Es war die Zeit, in der sie alles für ihn getan hätte. Es war die Zeit, während der er ihre Liebe für selbstverständlich gehalten hatte. Auch für ihn hatte es eine Zeit gegeben, in der er nur an sie gedacht hatte. Sie hatte in seinem Kopf gelebt wie ein zweites Ich, das ihn ständig begleitete. Und was war dann geschehen? Als er ihrer Liebe sicher war, verließ dieses zweite Ich seinen Kopf und er fühlte sich, wenn auch auf eine unbehagliche Weise, wieder frei.

Der Kirchenraum bildete eine prächtige Kulisse für das Werk, das man zu Gehör bringen wollte. Alles schien hier zu rufen: Empor! Laßt euch emportragen! Ich verheiße euch ... Durch das Licht der Abendsonne, das durch die hohen Lichtgaden einfiel, lag über den marmorierten Säulen mit den goldenen Kompositkapitellen ein rötlicher Schimmer. Eine Unruhe bemächtigte sich seiner. Plötzlich war er nur noch von einem Wunsch erfüllt. Er verzog still seufzend die Mundwinkel. Schade, daß hier kein Wein ausgeschenkt wird. Ich hätte jetzt ein Glas gebrauchen können. Wie lange wird die Aufführung dauern? Dann werde ich erst gegen zehn, wahrscheinlich später, meinen Wein bekommen. Und ich wollte doch noch Abschied feiern. Wie lange werden die Weinstuben geöffnet haben? Ich hätte nicht hierher gehen sollen. Ich verderbe mir auf diese Weise den letzten Abend.

Inmitten seiner Erinnerungen wurde er durch Vorschußbeifall, der hier und dort aufkam, aufgeschreckt: Der Dirigent war erschienen und zusammen mit ihm die drei Solisten, die zu seiner Linken, mit Blick zum Publikum, Platz nahmen, die Partituren in ihren Händen haltend.

Weil wir doch beide schon lange Haydn lieben, hatte sie liebevoll gesagt. Eine großartige Aufführung außerdem. Es hatte nicht lange gedauert, und Robert war von der Musik begeistert gewesen: von dem

Singspielhaften, von den heiteren Tonmalereien, den Vogelstimmen und dem Jahrmarktstanz ebenso wie von der sinfonischen Größe des Werkes, die zum Beispiel in dem Gewitter zum Ausdruck kommt. Immer wieder hatten Marianne und er sich an den Gesängen der Solisten und den mächtigen Chören erfreut. Es war, als habe dieses Werk sie noch enger miteinander verbunden. Damals war er glücklich gewesen. Dankbar war er dem Schicksal gewesen, daß er eine solche Frau kennengelernt hatte. Warum mußte alles anders kommen? Ein Narr war er gewesen, ein Dummkopf, der sein Glück mit Füßen getreten hatte.

Besonders liebten sie beide die Frühlingsarie. Im Überschwang ihres Gefühls konnte Marianne auf ihren Spaziergängen die Melodie summen oder pfeifen. Robert hatte immer eine Beklommenheit gespürt, die von den Passagen ausging, welche die Schwermut des heißen Sommers, den unheimlichen Stillstand der Zeit zum Thema hatten.

Die hell tönende Instrumentalmusik setzte ein, und nach kurzer Zeit erklang die Arie vom Landmann, der den Samen sät und eine Arbeit immer froh verrichtet. Ein fast paradiesischer Zustand wird beschworen. Welch eine heile Welt! Es war kaum zu ertragen. Die Erde spielte mit, alles erfährt den Segen Gottes. Kann ich mir das noch zumuten? Aber Text und Musik gehören zusammen. Obwohl alles in Robert rebellierte, überkam ihn doch eine sentimentale Rührung, gesteigert durch die wehmütige Erinnerung an die Zeit mit Marianne. Er überließ sich ihr, machte keinen Versuch, sie zu bekämpfen.

Merkwürdig, im Beisein Mariannes habe ich den Text nie als kitschig empfunden, ging es ihm durch den Kopf. Warum denn jetzt? Sein Blick erforschte die Gesichter derjenigen, die in der Reihe vor ihm saßen. Alle schienen andächtig zu lauschen. Auf keinem der Gesichter spiegelte sich eine Art Unmut wider. Er vermochte keine Miene zu entdecken, welche auf eine kritische Distanz schließen ließ. Im Gegenteil, er gewahrte überall nur einen faszinierten und freudig erregten Ausdruck.

Jetzt stand ihm wieder Marianne vor Augen, so deutlich, wie es selten vorkam. Das Chorlied passe zu ihm, hatte sie ihn zu ärgern versucht. Er hatte gekontert. Das Chorlied passe nicht zu ihm, weil er den Wein das ganze Jahr zu schätzen wisse, während sich diese Herren ihn nur nach der Jagd zu gönnen schienen.

Das war eine Zeit gewesen, in der sie sich immer an ihn geschmiegt und es sie immer nach Zärtlichkeiten verlangt hatte. Wenn er jetzt an diese Vergangenheit dachte, überkam ihn für einen kurzen Augenblick das Gefühl eines herben Verlustes. Hatte sie sich nicht immer über seine Unruhe beklagt? Wie viele schöne Stunden hatte er ihnen beiden zerstört. Wäre er denn mit ihr glücklich geworden? Angst hatte er gehabt, Angst vor den Fesseln eines sich dahinschleppenden grauen Alltags, der einen innerlich lebendigen Menschen quält mit seiner entsetzlichen Monotonie. Würde man nicht schließlich am Ende resignieren, wenn man spürte, daß man das Leben mit seiner bunten Vielfalt und seinen lockenden Möglichkeiten versäumt hatte? So ähnlich mußte er damals empfunden haben. War er nicht dumm gewesen, wenn er einer Vorstellung von Glück nachgejagt war, die es gar nicht gab? Aber konnte er das damals ahnen? Wollte er denn überhaupt glücklich sein? Gehörte er nicht zu den seltsamen Käuzen, die sich am wohlsten fühlen, wenn sie sich für unglücklich halten dürfen?

Wie zum Hohn sangen jetzt Lukas und Hanne: Lieben und geliebt werden ist der Freuden höchster Gipfel, ist des Lebens Wonn' und Glück.

Robert empfand die Komik, die darin lag, daß der Text gerade jetzt gesungen wurde. Das mag ja für manche Menschen zutreffen, dachte er spöttisch. Wenn der Text nicht so banal wäre, würde ich ihn, auf mich bezogen, fast als zynisch empfinden.

Jetzt stellte er sich vor, wie schön es sein müßte, als einsamer Trinker wieder in seiner Stammecke zu sitzen. Wie oft hatte er nicht schon diese Musik gehört. War es nicht natürlich, daß er sich langweilte? Wenn er nun unbemerkt hinausging. Von den anderen unbemerkt müßte es schon geschehen. Warum sollte er sich nicht plötzlich krank fühlen? Das müßte man akzeptieren. Das kam doch immer wieder vor. Wenn jemand Anstoß an seinem Fortgehen nehmen sollte ... Wer kannte ihn hier? Er wollte sich nur noch für eine kurze Zeit der Musik widmen. Was war das doch für eine herrliche Musik! Sie begeisterte wie beim ersten Hören. Er beschloß, nicht mehr auf den Text zu achten. Die Solisten gefielen, ihre klaren Stimmen durchdrangen mit einem hellen, glockenreinen oder warmen sonoren Timbre das Kirchenschiff. Besonders gut gefiel ihm der Bariton.

Er harrte aus auf seinem Platz, sah sich aber doch von Zeit zu Zeit verstohlen um, ob es nicht eine günstige Gelegenheit gäbe, sich davonzuschleichen. Die Zuschauer saßen wie gebannt. Kaum ein Rascheln, kein Geräusch störte die andächtig genießende Gemeinde.

Die Aufführung war bereits bis zum Sommer fortgeschritten. Hanne, Lukas und Simon verkünden das Nahen der Sonne. Der Chor singt: »Des Lichts und Lebens Quelle Heil! Oh du des Weltalls Seel und Aug, der Gottheit schönstes Bild ...« Dann danken alle drei der Sonne und schließen mit den Worten: »Dem Schöpfer aber danken wir, was deine Kraft vermag.« Lukas singt: »Den reichen Vorrat führt er nun ...«

Das bohrende Verlangen nach Wein, die lasterhafte Gewohnheit, sich mit seiner Lieblingsdroge zu betäuben, die dunkle Stimmung, wenn sie drohte oder ihn schon im Griff hatte, zu ertränken, ließ ihn nur schwer diesen Text ertragen. Mochte die Musik auch noch so göttlich sein. Er stöhnte. Wie hielten es die anderen aus, wenn, von dieser großartigen Musik begleitet, der Text eine heile Welt verkündet? War die Welt denn heil zu Haydns Zeit? Heiler vielleicht, weil die Menschen naiver waren. In welcher historischen Ferne spielte sich das musikalisch beglaubigte Geschehen ab. Warum hatte er es denn nicht bemerkt, warum keinen Anstoß genommen, als er sich mit Marianne zusammen an diesem Musikwerk begeisterte? Die Welt war doch kaputt, das sah doch jeder. Diese

Musik war doch nur ästhetisch oder als kulturgeschichtliches Ereignis zu verstehen.

Er stand entschlossen auf, begleitet von einigen erstaunten oder mißmutigen Blicken der Zuhörer, die um ihn herum saßen.

Simon sang jetzt: »Sein heiteres Auge blickt umher und Freude strömt in seine Brust ...«

Fast geräuschlos, auf Zehenspitzen, überwand er den Weg bis zum Ausgang. Er hielt den Kopf gesenkt, achtete nur auf seine Füße, sah keinen der Zuhörer an. Während seines Weges bis zum Portal begleitete ihn die Stimme Simons, als würde sie sich ausschließlich auf ihn, Robert, beziehen: »Oh Fleiß, von dir kommt alles Heil.« Und Lukas ergänzte, als Robert schon die schwere Tür geöffnet hatte: »Du wehrest Laster ab und reinigest der Menschen Herz.«

21

»Willst du mir eine Freude machen?« fragte er. »Ja, jede, alles was du willst.« »Warum willst du das tun?« Sie drückte sich an ihn, sah zu ihm auf. »Weil ich so glücklich mit dir bin. Ich hab' dich einfach zu gern. Vielleicht ist es ja verkehrt.« »Warum sollte es verkehrt sein?« »Ich weiß nicht. Aber was ich bestimmt weiß, ist, daß du das Liebste bist, was ich habe.« Auch er preßte sie an sich. Aber es war bei ihm eher ein Ritual. Er zitterte dabei nicht mehr, so wie er es früher einmal in den ersten Wochen ihrer Bekanntschaft getan hatte.

»Du hast doch sicher Hunger. Soll ich dir etwas zu essen machen?« »Ja, gern.« »Worauf hast du Appetit?«

Insgeheim wußte er, daß diese Gespräche, diese Worte, die sie zu ihm sagte, Gift für ihn waren. Er haßte das Gefühl, das in ihm aufstieg, wenn sie ihm zu sehr entgegenkam, nur darauf bedacht, ihn zu verwöhnen: Überdruß, Langeweile. Keine Herausforderung mehr, kein Kampf – nur noch der in Watte gewickelte siegreiche Krieger. Er haßte sich, wenn er sich in dieser Verfassung vorfand. Aber was konnte er dagegen tun? Nichts. Außerdem wußte er: sie war ein kostbarer Besitz, den man nicht ungestraft aufgab. Was konnte er schon dagegen tun, wenn jeder sichere Besitz Trägheit und Langeweile nach sich zog? Aber warum mußte sie auch so ehrlich sein! So ehrlich, daß er Rührung empfand. Warum fehlte ihr der Instinkt, der Instinkt vieler Frauen, die auch dann noch den Mann im Ungewissen lassen, wenn sie ihn lieben und es schwer fällt, die Gefühle zu verbergen. Warum erzeugten ihre zärtlichen Worte, ihre liebevolle Art kein Glücksgefühl mehr in ihm? Nicht das Glücksgefühl, das er ein Jahr zuvor noch empfunden hatte. Unzufrieden war er. Denn ihre Worte kitzelten seinen männlichen Hochmut hervor. Und er haßte sich, wenn er Hochmut in sich aufsteigen fühlte.

22

Das kleine Weinrestaurant »Zur Traube« bestand nur aus einem großen Raum. Die wenigen Tische verteilten sich auf die eine Fensterseite, die zur Straße ging und die Mitte des Raumes, der mit einem Tresen abschloß.

Als Robert das Restaurant betrat, war keiner der Tische besetzt. Die Sonne war noch nicht untergegangen und ihr Abendlicht erhellte den Raum wie ein roter Scheinwerfer. Die Gäste, welche die »Traube« zu besuchen pflegten, bevorzugten gewöhnlich eine spätere Stunde für ihr Kommen. Die Leere und das helle Licht, in welches alles – die sorgfältig für ein Abendessen gedeckten Tische und selbst die wenigen Nischen zu beiden Seiten des Schanktisches – getaucht war, veranlaßten Robert, auf der Schwelle des

Eingangs stehenzubleiben und einen unschlüssigen Blick auf das Ganze zu werfen. Für einen Augenblick überkam ihn das Gefühl des Verlorenseins, das ihn ständig belauerte, um einen gefährlichen Überfall auf ihn vorzubereiten. Immer ängstlich darauf bedacht, sich von dieser traurigen Stimmung nicht überraschen zu lassen, wollte er schon kehrtmachen und später wiederkommen, als der Lange Jan erschien.

Er war der einzige Kellner in diesem altehrwürdigen Lokal, in dem er zusammen mit dem übrigen Inventar gealtert war. Mit schleppendem Gang, leicht gebeugt bediente er trotz seines Alters – er mochte über siebzig Jahre alt sein – so aufmerksam wie ein junger, kannte alle Gäste nach Jahren noch wieder und wurde von den Stammgästen ins Vertrauen gezogen, wenn es darum ging, ein privates Problem zu lösen. So riet er zum Beispiel zur Scheidung oder auch zu dem Versuch, noch einmal miteinander auszukommen.

Den einen Teil seines Spitznamens verdankte er seiner hochgewachsenen, hageren Gestalt, die fast jugendlich wirkte. Auffallend waren seine breiten Schultern und sein gewaltiges Kreuz, das von hinten an Frankenstein erinnerte. Oben auf der imposanten Figur befand sich ein kleiner, freundlicher Kopf, aus dem helle verschmitzte Augen dem eintretenden Gast entgegenblitzten. Er verstand sich hervorragend auf Konversation. Seine Kommentare, die er je nach Wunsch des Gastes zur Wirtschaftslage, Tagespolitik oder zeitgenössischen Literatur abgab, wurden mit einem leichten holländischen Akzent vorgetragen, was ihm den schönen Namen Jan eingetragen hatte. Wer es wissen wollte, der erfuhr von ihm selbst, daß er in Alkmaar geboren und aufgewachsen war, aber nach dem Kriege in Deutschland geblieben sei, weil er eine Deutsche geheiratet habe.

Keiner weiß, wer ihn einmal so getauft hatte. Er hieß eigentlich Schulz und er hätte es sicher als äußerst unhöflich empfunden, wenn jemand ihn nicht mit Herr Schulz, sondern mit Jan oder gar Langer Jan ansprechen würde.

Der Lange Jan mußte sich in der Küche aufgehalten haben, als Robert eintrat. Denn schon die Gegenwart dieses freundlichen alten Kellners hätte genügt, um den Gedanken an ein Verlassen des Lokals erst gar nicht aufkommen zu lassen. Aber als er jetzt die hochgewachsene, elastisch sich bewegende Gestalt auf sich zukommen sah, da gab es kein Entrinnen mehr.

»Haben Sie einen Platz bestellt?« fragte Schulz in seinem leicht holländischen Akzent und blickte den Gast aus wasserblauen Augen freundlich an. Robert verneinte. Der alte Kellner warf einen Generalsblick über den Raum, überlegte. »Sie sind allein?« Robert bejahte.

So saß er denn an einem Einzeltisch am Rande mehrerer Tischgruppierungen, die mit Gläsern, Bestecken und Servietten überladen waren. Die meisten der Tische waren für zwei bis drei Personen gedeckt und schützten sich vor ungebetenen Gästen mit dem kleinen, aber unübersehbaren Schildchen: Reserviert.

Robert wollte feiern. Er hatte während des ganzen Tages nur zwei Gläser Wein getrunken. Alles in ihm verlangte nach Weinseligkeit, als er eine Flasche Verrenberger Lindelberg bestellte.

Und Robert feierte. Er blieb zwar allein mit dem alten Kellner und einer Kerze vor sich – erst nach einer Stunde kamen noch zwei Gäste –, aber das tat seiner Stimmung keinen Abbruch. Er trank in kürzester Zeit eine Flasche Wein leer und bestellte eine zweite. Dann stellte er sich mit der Lust eines Menschen, der sich erworbener Verdienste wegen etwas Besonderes gönnen will, ein herrliches Menü zusammen: Er bestellte eine hausgemachte Lachsterrine mit kleinem Salat, anschließend genoß er Rahmsuppe von Kohlrabi mit gebratener Wachtelbrust. Als Hauptgang wählte er Rinderlende mit Kräutermarkkruste auf Rotweinsauce.

Herr Schulz blieb die ganze Zeit in vornehmer Zurückhaltung. Robert wollte sich in seiner Feierlichkeit, die ihn erfüllte, auch nicht stören lassen und mied jedes weitere Gespräch mit dem Kellner. Er überließ sich seinen Gedanken, die der Wein beflügelte.

Als das Menü verzehrt, die zweite Flasche zur Hälfte geleert und der Lange Jan die Reste entsorgt hatte, begann für den Einzelgänger Robert der zweite Teil des Festes: das Versinken in die eigene Gedankenwelt.

23

»Von früher Jugend war es mein Wunsch, in einer durchtechnisierten Welt einen Platz außerhalb des Jagens und Treibens der Menschen einzunehmen. Ich wollte ein stiller Beobachter sein, der vom Waldrand zusieht, wie andere das Feld bestellen.« »Das hast du mal wieder schön gesagt«, kommentierte Marianne mit ironischem Unterton. Er winkte ab. »Ich weiß ja, worauf du hinaus willst«, meinte er. »Aber es ist doch anders als du denkst. Ich bin nicht froh, wenn ich mich durch Nichtteilnahme am Geschehen, durch Passivität heraushalte.« Sie sah ihn erstaunt an. »Du sagst immer, du möchtest dich selber kennenlernen. Dieses Klischee vom ewigen Sich-finden-Wollen benutzt du Gott sei Dank ja nicht mehr. Aber wenn du heimlich deine Bemühungen in dieser Hinsicht noch intendieren solltest, dann bin ich mit Hans der Meinung, daß man sich nicht dadurch findet, daß man sich ständig beobachtet. Du lernst dich nur kennen, wenn du anpackst ...«

»Ich habe nicht von Selbstbeobachtung gesprochen. Du sollst mir nicht etwas unterstellen, von dem gar nicht die Rede war. Ich habe von meinem Wunsch gesprochen, andere zu beobachten. Und dann redest du vom Anpacken. Ja, ich weiß schon, ich soll mich für irgend etwas engagieren. Das wolltest du doch sagen? Für irgend etwas.«

»Klar, das meine ich. Im übrigen meine ich: so schön dein Bild vom Waldrand ist und ... wie sagtest du?«»... den anderen bei ihrer Feldbestellung zuschauen.«

»Ja, gut. Das läuft doch wieder auf Selbstfindung hinaus. Ich meine: durch stille Selbstbeobachtung – denn in diese Richtung geht doch wohl der Blick zurück von der Feldarbeit der anderen – kommst du nie weiter. Ich bezweifle, ob du dabei je zufrieden wirst. Ich sagte: indem du etwas anpackst ... Ich habe genau so wie du das Wort ›engagieren‹ so satt. Also, indem du etwas anpackst, den Umgang mit Menschen suchst ...«

»Den brauche ich nicht zu suchen, der wird mir überaus reichlich in der Schule zuteil.« »Das mag sein, aber das meine ich nicht. Du sagst doch selbst, daß du auch im Schulbetrieb gern abseits stehst, dich für nichts ...« »... engagierst«, fiel er ihr ins Wort. Sie lächelte. »Meinetwegen. Ich meine ja nur, es täte dir besser, wenn du deinen Job mit mehr innerer Beteiligung, mit mehr Leidenschaft ...« »Nun werde bitte nicht moralisch.« »Du solltest auf Konferenzen deine Meinung vertreten. Vielleicht auch dem einen oder anderen Kollegen mal sagen, was du von ihm hältst.« »Ich wundere mich. Du kennst mich doch lange genug, um eigentlich zu wissen, daß ich kein Bedürfnis verspüre, mich in irgendein Kampfgetümmel zu stürzen. Das ist kein Hochmut. Wenigstens bin ich mir dessen nicht bewußt. Aber ich bin nun einmal für Konflikte nicht geschaffen.« »Wenn du jedem Konflikt aus dem Weg gehen willst ...« »Das kann ich gar nicht«, unterbrach er. »In jedem Beruf sind Konflikte programmiert. Übrigens: mit dem Hocker am Waldrand habe ich keinen arbeitsscheuen Menschen gemeint.« »Das weiß ich. Aber du entwickelst, scheint mir, geradezu eine Strategie, um Konflikte zu vermeiden. Du weichst vor ihnen aus wie vor der Pest.« »Vielleicht bin ich in deinen Augen ein Feigling.«

»Halt, das habe ich nie gesagt. Und das bist du natürlich auch nicht. Ich will dir doch nur helfen. Wenn du zu Konflikten, die nun einmal zum Leben gehören, ein anderes, ein positiveres Verhältnis bekämst, wenn du sie als Teil des Lebens begreifen könntest, dann würdest du weniger Angst vor ihnen haben. Du würdest dich beobachten können, zum Beispiel wie du reagierst in prekären Situationen. Auf diesem Umweg würdest du dich dann auch selber besser kennenlernen. Das wollte ich sagen: Nur indem du deine Reaktion in bestimmten Situationen erkundest, kannst du auf deinem Weg, der zum Ziel hat, dich kennenzulernen, besser vorankommen. Du solltest ...« »Ja, ich hab' schon verstanden.« »Laß mich das noch zu Ende sagen, schon um Einwänden von deiner Seite vorzubeugen. Du solltest weder Konflikte suchen noch sie um jeden Preis vermeiden. Schon gar nicht um den Preis eines Zustandes, den ich bei dir oft beobachtet habe.« »Und der wäre?«

»Du schäumst zu Hause lieber vor Wut, als daß du dich bereit fändest, vor einem größeren Kollegenkreis einmal deine Meinung zu sagen. Du übst dich in vornehmer Zurückhaltung und behältst deine selbstgewählte Maske auf. Eine Angst hindert dich, sie abzulegen.« »Du solltest mich besser kennen. Mit Vornehmheit hat mein Verhalten schon gar nichts zu tun. Deine Schilderung über mein Verhalten kommt mir bekannt vor. Vornehme Zurückhaltung! Schäumende Wut! Dadurch, daß man einen Irrtum ständig wiederholt, gewinnt er auch nicht an Überzeugungskraft.« »Ich habe das früher so noch nie gesagt.« »Dann war es Hans.« »Kann sein. Hans hat mir erzählt, daß du bei Konferenzen in einer Ecke des Lehrerzimmers sitzt und dich nie zu Worte meldest, obwohl du, wie Hans meint, viel zu sagen hättest.«

Sie merkte, daß sie zu hart war. Ihre Stimme verlor ihren energischen, forschen Akzent. Sie klang eher milde, als sie fortfuhr: »Robert, du sollst doch nicht künstlich Konflikte suchen. Ich weiß, daß es Menschen gibt, die das brauchen. Die sind mir sehr unsympathisch. Vielleicht meine ich auch gar nicht Konflikte. Sie müssen ja auch nicht unbedingt entstehen, wenn jemand mit anderen kontrovers diskutiert.« Er meinte für einen Augenblick, seine alte,

sanfte Marianne zu hören. »Was meinst du jetzt genau?« fragte er.
»Na, daß du aus Angst vor möglichen Spannungen, die bei einer
Kontroverse entstehen könnten, dich auch dann mit deiner Meinung
zurückhältst, wenn du dich im Recht fühlst ... Aus Erfahrung weißt
du, daß du später, zu Hause, und hier drin« – sie zeigte mit ihrem
Finger auf seine Brust – »vor Wut schäumen wirst und dir Vorwürfe
machst, daß du wieder einmal zu ängstlich warst.«

24

Er war ein Versager, das stand fest. Er war rücksichtslos gegen sie,
egoistisch gewesen, wenn er spät nachts nach Hause kam. Er roch
nach Alkohol. »Warum so spät?« fragte sie ohne einen Ton des Vor-
wurfs. Sie hatte schon geschlafen. Es war eine Zeit, in der er besonders häufig unter depressiven Anfällen gelitten und sich ihrer dadurch
zu erwehren versucht hatte, daß er stundenlang nachts durch Straßen
irrte und sich anschließend in einer Kneipe betrank. Aber war das
eine Entschuldigung? Was er damals geantwortet hatte, mußte sehr
kühl geklungen haben. Wenn sie Zärtlichkeit vermißte, dann war es
ihm in erster Linie um Kommunikation zu tun gewesen.

Er sagte: »Ich fühle mich allein. Ich spreche nicht von meinem
Problem, um dich nicht zu belasten. Außerdem bezweifle ich, ob du
mich begreifst.« »Du trinkst so viel. Warum läufst du so oft davon
und machst dich kaputt? Du hast doch eine Verantwortung mir
gegenüber. Wenn du dich schon dir selbst gegenüber nicht verantwortlich fühlst.« So und ähnlich verliefen ihre Gespräche. Immer
kam sie mit Verantwortung. Verantwortung! Es war eines ihrer
Lieblingsbegriffe.

»Verantwortung! Immer wieder höre ich das von dir. Ich kann damit nichts anfangen. Wir sind doch auch nicht verheiratet.« »Was hat

das damit zu tun? Wir leben doch zusammen. Das genügt.« War er nicht manchmal heftig geworden? »Wenn schon von Verantwortung die Rede ist, dann bin ich es nur mir selbst gegenüber und keinem anderen Wesen. Verstehst du das endlich!« Er wußte, daß er mit seinen Worten im Unrecht war. Sie sagte: »Ich frage mich, warum wir überhaupt zusammengezogen sind, wenn ich doch abends so oft allein bleibe.« »Aber ich fühle mich auch allein.« »Das kann nicht sein. Ich bin immer für dich da, wenn du mich brauchst.« »Trotzdem, ich fühle mich allein. Ich brauche jemanden, der sich für meine Probleme interessiert.« »Aber das tue ich doch.« »Das finde ich nicht. Wann gehst du schon auf meine Probleme ein, auf meine Depressionen? Im Urlaub vielleicht. Sonst interessierst du dich für deine Magazine und Zeitschriften. Lauter banale Dinge. Aber sie berühren nicht das Zentrum des Menschen.« Weinte sie dann nicht manchmal? Doch. Sie schluchzte, und er empfand Genugtuung dabei.

Woher kam seine Neigung, sich selbst einen Schmerz zuzufügen, indem er einen anderen quälte? Wie oft schon hatte er diese Neigung bei sich entdeckt, sie gehaßt und doch mit Erstaunen ihre verführerische Kraft gespürt. Aber war es denn ein Schmerz? War es nicht ein unwiderstehlicher Trieb, sich ein bitteres Lustgefühl zu verschaffen? Und wie war es mit der Reue, die später folgte? Litt er nicht unter dieser Versuchung seit seiner Jugend? Was verbarg sich im Grunde dahinter? Welches letzte Motiv? War es die Lust an der Selbstzerstörung, die Lust am Verneinen überhaupt? Das Paradoxe war nur, daß er trotz dieser Lust, sich selbst zu destruieren, indem er andere verletzte, die er eigentlich nicht verletzen wollte, weil sie ihm lieb und teuer waren, einen starken Lebenstrieb in sich spürte. Oder wollte er, indem er sich persönlich Schaden zufügte, die Welt, in der er leben mußte und die er in der Verfassung, in der er sie vorfand, haßte, verneinen? Und wie vertrug sich das mit der Tatsache, daß er in einer Welt, die er insgesamt für abscheulich hielt, doch zu leben, zu genießen begehrte?

Es war also kein reiner Wille zum Tode. Vielleicht nur eine Art Sympathie mit ihm. Aber es war auch kein reiner Wille zum Leben. Dieses Gespaltensein, die Lust an der Selbstzerstörung, verbunden mit einem starken Willen zum Leben hatte zur Folge, daß er die Schäden, die er anderen und sich selbst zufügte, bald bitter bereuen und schwer bezahlen mußte. Womit? Mit Einsamkeit und Tränen. Bittere Tränen, die nicht geweint werden und deshalb keine Linderung verschaffen können. An ihnen erstickt man langsam von innen her. Eine Art Strangulierung der Seele.

Las er nicht kürzlich von einem jungen Mann, der seine alte einsame Mutter absichtlich quälte, indem er sich lange nicht bei ihr meldete, obwohl es ihm zeitlich durchaus möglich gewesen wäre. Er stellte sich vor, wie sie unter dem Alleinsein litt und empfand eine seltsame Lust dabei. Er schrieb nicht, er telefonierte nicht, besuchte sie nicht, obwohl er wußte, wie sehr sie auf ein Zeichen von ihm wartete. Er haßte diese freudige Erwartung, von der sie immer wieder erzählte, die ihm in ihrer Person begegnete. Und er tat alles, um sie zu enttäuschen. Ihm war, als schmeckte er das Gift eines süßen Schmerzes. Handelt es sich hier nicht um das, was man von außen, aus der Perspektive der anderen »das Böse« nennt?

»Aber du bist doch das Liebste, was ich habe«, sagte sie einmal unter Tränen, als er wieder lange nichts hatte von sich hören lassen. Ein seltsames Unbehagen, ja fast ein Widerwille ergriff ihn bei ihren Worten.

Als die Mutter eines Tages starb, weinte er bitterlich und fand vor Reue und Selbstvorwürfen keine Ruhe mehr. Er soll die Tote immer wieder um Verzeihung gebeten haben. Auch erzählte er allen, wie verzweifelt er war. Es gab für ihn nur noch ein einziges Thema. Schließlich verfiel er dem Alkohol und starb in noch jungen Jahren.

Als es Robert in den folgenden Wochen einmal besonders schlecht ging, das Alleinsein zur Qual wurde und seine Sehnsucht nach ihr ihn unfähig machte, einen klaren Gedanken zu fassen, dachte er, wie es wohl Marianne aufnähme, wenn er sich jetzt umbrächte. Er stellte sie sich vor, wenn sie die Nachricht von seinem Tod bekäme. Er malte sich ihr Betroffensein aus. Er hatte an diesem Abend dem Wein tüchtig zugesprochen und seine Phantasie stellte ihm eine Marianne vor Augen, die außer Fassung immer nur vor sich hin schluchzte. Sie würde sich nicht beruhigen können und zu sich immer nur dieselben Worte sagen: Jetzt erst ahne ich, wie schlimm es um ihn stand, jetzt, wo es zu spät ist. Ich habe es heimlich gewußt, wollte es aber nicht wahrhaben.

Ein tröstender Gedanke: Durch Selbstmord aus Liebesschmerz kann der Verlassene noch einmal das schmerzliche Interesse der entfernten Geliebten auf sich lenken. Robert hatte nie ernsthaft an Selbstmord gedacht. Aber der Gedanke an diese letzte Waffe, die dem Verzweifelten noch zur Verfügung steht, berauschte ihn. Im Extremen noch ein Triumph.

Von Jürgen Reimer erschienen bisher folgende Bücher:

Der Ferienschreiber (1998), Roman
ISBN 3-89501-627-6

Gruppenreise (2001), Roman
ISBN 3-8280-1412-7

Jahre eines Unbehausten (2002), Roman
ISBN 3-8280-1689-8

Ein stiller Rebell (2003), Roman
ISBN 3-8330-1079-7

Sie warfen Feuer auf die Stadt (2004), Roman
ISBN 3-8334-0717-4

**Der „außerordentliche" Mensch und das
Problem der Disziplin bei Thomas Mann** (2005), Essays
ISBN 3-8334-2454-0

Ein Abschied in Rom (2006), Roman
ISBN 3-939305-09-X

Das Fest (2007), Erzählung
ISBN 978-3-8334-6101-9

Stifterstube (2007), Erzählung
ISBN 978-3-8334-8395-0

Wilnius und Ich (2008), Fast ein Bericht
ISBN 978-3-8334-7463-7